IL GATTO NERO

LO SCARABEO D'ORO

LA VERITÀ SUL CASO DI MISTER VALDEMAR

LIGEIA

EDGAR ALLAN POE

Texte et illustration de couverture : © domaine public
Edition : Culturea (Hérault, 34)
Contact : infos@culturea.fr
Retrouvez notre catalogue sur http://culturea.fr
Imprimé en Allemagne par Books on Demand
Design typographique : Derek Murphy
Layout : Reedsy (https://reedsy.com/)

Dépôt légal : janvier 2023

ISBN : 9791041845170

Per il racconto stranissimo eppure casalingo che mi metto a stendere per iscritto, non mi aspetto né chiedo di essere creduto. Sarebbe pazzia pretenderlo trattandosi di un caso nel quale i miei sensi rifiutano di prestar fede a loro stessi. Eppure matto non sono; e certissimamente non sogno. Ma domani morirò e oggi vorrei liberarmi l'anima di questo peso. Il mio scopo immediato è di metter davanti al mondo in maniera chiara, succinta, senza commenti, una serie di semplici avvenimenti domestici che nelle loro conseguenze mi hanno terrificato, torturato, annientato. Non mi proverò a spiegarli. A me non hanno dato che orrore, a molti sembreranno più strampalati che orribili. In avvenire, forse, si troverà un intelletto che saprà ridurre il mio fantasma al luogo comune; un intelletto più calmo, più logico, e assai meno eccitabile del mio, il quale, nelle circostanze che io racconto con stupore, non vedrà nulla più di una successione normale di cause ed effetti molto naturali.

Già dall'infanzia mi distinguevo per la docilità e l'umanità del mio carattere. La mia bontà di cuore era tale da farmi persino prendere in ridicolo dai miei compagni. Volevo bene soprattutto agli animali, e i miei genitori mi permettevano di tenerne una gran varietà. Passavo il mio tempo con loro, e nulla mi rendeva contento come nutrirli e accarezzarli.

Questa particolarità del mio carattere crebbe con l'età; divenuto uomo, da essa derivavo una delle mie più grandi sorgenti di piacere. A coloro che hanno coltivato un affetto per un cane fedele e sagace, non occorre che mi metta a spiegare la natura e l'intensità del godimento che se ne può derivare. Nell'amore delle bestie, disinteressato sino al sacrifizio, c'è qualche cosa che va direttamente al cuore di colui che ha avuto di frequente l'occasione di mettere a prova la comune amicizia, la labile fedeltà del mero "uomo".

Mi sono sposato presto, e ho avuto la fortuna di trovare nella moglie un naturale che si adattava benissimo al mio. Osservando la mia debolezza per questi favoriti domestici essa non lasciava passare occasione per procurarmene di più gradevoli. Avevamo uccelli, pesci rossi, un bel cane, conigli, una scimmiottina e "un gatto".

Quest'ultimo era un animale notevolmente sviluppato e bello, interamente nero; e di una straordinaria sagacità. Parlando della sua intelligenza, mia moglie, che in fondo era non poco dedita alla superstizione, faceva frequenti allusioni all'antica credenza popolare secondo la quale tutti i gatti neri sono streghe camuffate. Non che lo dicesse mai "sul serio"; se io fo menzione della cosa è per la sola ragione che mi viene a mente appunto adesso.

Pluto – così si chiamava il nostro gatto – era il mio preferito, il mio compagno di giochi. Io solo gli davo da mangiare, e per casa mi seguiva dappertutto dove andavo. Soltanto con difficoltà riuscivo a impedirgli di seguirmi per la strada.

La nostra amicizia durò così vari anni nel corso dei quali il mio temperamento e il mio carattere in generale – sotto l'influenza del demone intemperanza (lo confesso con vergogna) – andarono radicalmente alterandosi in peggio. Giorno per giorno diventavo più inquieto, più irritabile, più indifferente al modo di sentire altrui. Mi permisi di rivolgere parole immoderate a mia moglie. Finii per adoperare anche la violenza. Naturalmente anche i miei favoriti dovettero risentire il cambiamento del mio carattere. Non solo li abbandonavo, ma li trattavo male. Verso Pluto però mi rimaneva abbastanza considerazione per rattenermi dal maltrattarlo, mentre non ne avevo affatto verso i conigli, la scimmia e persino il cane, quando per caso o per dimostrarmi il loro affetto venivano a trovarsi sulla mia strada. Ma il male prendeva sempre più campo in me – poiché quale malattia è paragonabile all'alcool? –, e alla fine anche Pluto, che intanto invecchiava e di conseguenza diventava un po' brontolone, anche Pluto ebbe a conoscere gli effetti del mio cattivo umore.

Tornato, una sera, a casa ubriaco fradicio da uno dei miei ritrovi abituali in città, mi parve che il gatto mi evitasse. Lo afferrai: nel suo spavento della mia violenza, mi fece, coi denti, una piccola ferita alla mano. All'istante m'invase la furia di un demonio. Non ero più io. Il mio vero spirito sembrava essersi involato dal mio corpo; una cattiveria più che diabolica, satura di gin, fremeva in ogni fibra del mio essere. Presi dal taschino della sottoveste un temperino; lo apersi, afferrai la povera bestia per la gola, e, deliberatamente, le feci saltare un occhio fuori dall'orbita! Arrossisco, ardo e insieme rabbrividisco nel riferire questa dannata atrocità.

Quando, con la mattina, ritornai alla ragione – e il sonno ebbe disperso i fumi dell'orgia notturna – provai un sentimento misto di orrore e di rimorso per il delitto del quale ero colpevole, ma non era che un sentimento debole, ambiguo; lo spirito non ne era toccato. Ripiombai nei bagordi e ben presto affogai nel vino il ricordo della mia azione.

Intanto lentamente il gatto guariva; l'orbita dell'occhio perduto presentava, è vero, un aspetto pauroso, ma pareva che la bestia non soffrisse più. Andava e veniva per casa come al solito, ma, come era da aspettarselo, al mio avvicinarsi scappava terrorizzato. Mi rimaneva abbastanza cuore per sentirmi afflitto da questa evidente antipatia da parte di una creatura che una volta mi aveva voluto tanto bene. Ma ben presto questo sentimento cedette il posto all'irritazione. E allora si manifestò, come per la mia caduta finale e irrevocabile, lo spirito della perversità. Di questo spirito la filosofia non tien conto. Eppure non sono meno sicuro di quanto sono sicuro della mia esistenza, che la perversità è uno degli impulsi primitivi del cuore umano; una delle facoltà o sentimenti indivisibili e primari che dirigono il carattere dell'uomo. A chi non è successo cento volte di sorprendersi intento a commettere un'azione sciocca o bassa, per la sola ragione che sapeva di "non" doverla fare? Non è in noi, a dispetto del nostro giudizio più sano, un'inclinazione continua a violare quello che è "la legge" soltanto perché sappiamo che è la legge? Ripeto: questo spirito di perversità mi portò alla perdita finale. Era questa nostalgia misteriosa dello spirito di "torturarsi", di far violenza alla propria natura, di fare il male per l'amore del male, che mi spingeva a continuare e finalmente a portare a compimento il supplizio che avevo inflitto a quella povera bestia inoffensiva.

Una mattina, a sangue freddo, gli feci scivolare un nodo scorsoio al collo e l'appiccai al ramo di un albero; e avevo gli occhi pieni di lagrime e il rimorso più amaro nel cuore; lo appiccai "perché" sapevo che mi aveva amato tanto, e "perché" sentivo che non mi aveva mai dato ragione di offesa; lo appiccai "perché" sapevo che facendolo commettevo un peccato, un peccato mortale che avrebbe compromesso la mia anima immortale tanto da ridurla se una tal cosa fosse possibile, fuori dalla misericordia del più misericordioso e più terribile Iddio.

Nella notte che seguì il giorno di questa crudele azione, fui svegliato dal grido: al fuoco. Le cortine del mio letto erano in fiamme. Tutta la casa bruciava. Fu con grande difficoltà che io, mia moglie e una persona di servizio riuscimmo a metterci in salvo. La distruzione era completa. Tutto il mio avere ne fu inghiottito; da allora mi abbandonai alla disperazione.

Sono superiore alla debolezza di stabilire un legame di causa e di effetto fra il disastro e il misfatto. Ma io vado enumerando una catena di fatti, e non voglio trascurarne alcun anello. Il giorno dopo l'incendio, feci il giro delle rovine. Le mura, salvo una eccezione, erano cadute. Era rimasto ritto soltanto un tramezzo, non molto spesso, contro il quale stava il capo del mio letto. Lì l'intonaco aveva resistito in gran parte all'azione del fuoco, e io attribuii questo fatto alla recente intonacatura del muro. Intorno a questo muro si era radunata una gran folla, e pareva che molti ne esaminassero un certo punto con un'attenzione avida e meticolosa. Le parole "strano!" "singolare!" e simili, destarono la mia curiosità. Mi avvicinai e vidi, come scavata dentro alla bianca superficie, l'immagine di un "gatto" gigantesco. Era resa con una precisione veramente straordinaria. Al collo dell'animale era una corda.

Nel primo momento che mi si presentò quell'apparizione – poiché io non potevo considerarla altrimenti – il mio stupore e il mio terrore furono estremi. Ma poi la riflessione mi venne in aiuto. Il gatto, ricordai, era stato da me appiccato in un giardino adiacente alla casa. Alle grida d'allarme questo era stato immediatamente invaso dalla folla e l'animale doveva essere stato staccato da qualcuno e lanciato attraverso una finestra aperta, nella mia camera. Ciò doveva essere stato fatto senza dubbio allo scopo di destarmi. La caduta delle altre mura aveva schiacciato la vittima della mia crudeltà sull'intonaco del muro rimasto intatto; la cui calce fresca, combinata con le fiamme e l'ammoniaca del cadavere, aveva prodotto quell'immagine come ora si vedeva.

Nonostante avessi così soddisfatto subito la mia ragione se non la mia coscienza circa il fatto sorprendente che ho riferito, questo non mancò di lasciare un'impressione profonda sulla mia immaginazione. Per mesi e mesi non riuscii a liberarmi dal fantasma del gatto: e durante questo tempo un lieve sentimento si fece strada nel mio animo che poteva sembrare, ma non era, rimorso. Giunsi persino a deplorare la perdita dell'animale e a cercare intorno a me, negli abbominevoli ritrovi che ora frequentavo abitualmente, un altro gatto della stessa specie che gli somigliasse abbastanza da poterlo sostituire.

Una notte, come stavo seduto mezzo istupidito in uno di questi infami locali, la mia attenzione fu attratta da un oggetto nero che stava sopra a una delle gran botti di gin o di rum che costituivano il mobilio principale della sala. Da qualche minuto fissavo quel punto ed ero sorpreso di non aver visto prima l'oggetto che vi stava posato. Mi avvicinai e lo toccai con la mano. Era un grosso gatto nero, – molto grosso – grosso almeno quanto Pluto, che gli somigliava in ogni punto meno che in uno: Pluto non aveva pelo bianco sul corpo; questo invece ne aveva una grossa macchia per quanto indefinita, che gli copriva quasi tutto il petto.

L'avevo appena toccato che si alzò, si mise sonoramente a far le fusa, si stropicciò contro la mia mano e parve molto contento delle mie attenzioni. Avevo dunque trovato la creatura di cui andavo in cerca. Proposi subito al padrone di farne l'acquisto: ma questi non lo riconobbe per suo, non ne sapeva nulla, non lo aveva mai veduto.

Continuai ad accarezzarlo, e quando mi preparai per tornare a casa, l'animale dimostrò di essere disposto ad accompagnarmi. Lo lasciai fare, chinandomi ogni tanto, a carezzarlo per istrada. Quando fu in casa si addomesticò immediatamente e diventò subito il favorito di mia moglie.

Da parte mia, cominciai presto a trovarlo vivamente antipatico. Era questo un risultato che non mi aspettavo; ma, non so come né perché, la sua evidente tenerezza a mio riguardo quasi mi disgustava e mi ripugnava. A poco a poco quei sentimenti di ripugnanza e di disgusto crebbero sino all'amarezza dell'odio. Lo evitavo; ma una certa sensazione di vergogna e il ricordo del mio passato atto di crudeltà mi prevenivano dal maltrattarlo. Mi trattenni varie settimane dal picchiarlo, né lo maltrattai in altro modo; ma a poco a poco, molto gradatamente, giunsi ad averlo in indicibile orrore e a fuggire tacitamente la sua odiosa presenza come un alito pestilenziale.

Ciò che senza dubbio aumentò il mio odio per l'animale fu lo scoprire, la mattina dopo di averlo portato in casa, che come Pluto mancava di un occhio. Quella circostanza invece non fece che renderlo più caro a mia moglie la quale, come ho già detto, possedeva a un alto grado quell'umanità di sentimento che prima era stata anche una delle mie caratteristiche e la sorgente dei miei godimenti più semplici e più puri.

Comunque l'affezione del gatto per me pareva crescere in ragione della mia avversione per lui. Seguiva i miei passi con un'ostinazione che sarebbe difficile far capire al lettore. Ogni volta che mi mettevo a sedere, si sdraiava sotto la mia seggiola o mi saltava sulle ginocchia, coprendomi delle sue odiate carezze. Se mi alzavo per camminare mi si metteva fra le gambe a rischio di farmi cascare, o, adunghiandomi i panni coi suoi lunghi e aguzzi artigli, mi si arrampicava sin sul petto. Desideravo in quei momenti di assestargli qualche colpo mortale, ma mi trattenevo, in parte per il ricordo del mio primo delitto, e principalmente – lasciatemelo confessare subito – per un vero terrore che la bestia mi ispirava.

Questo terrore non era propriamente di un male fisico, pure non saprei come definirlo altrimenti. Mi vergogno di confessarlo, sì, anche in questa cella da malfattore mi vergogno di confessare che il terrore e l'orrore ispiratimi da quell'animale erano aumentati da una delle chimere più chimeriche che sia possibile concepire. Più di una volta mia moglie aveva richiamato la mia attenzione sul carattere di quella macchia bianca che costituiva l'unica differenza visibile fra la strana bestia e quella che avevo ucciso.

Il lettore ricorderà che quella macchia, quantunque grande, sul principio era stata molto indefinita; ma, a gradi molto lenti, a gradi quasi impercettibili tanto che la mia ragione per un bel pezzo si sforzò di considerare la cosa come immaginaria, la macchia aveva preso una nettezza rigorosa di contorni. Ora rappresentava un oggetto che rabbrividisco a nominare; ed era soprattutto per questo che odiavo e temevo quel mostro, del quale mi sarei liberato se avessi osato: rappresentava una cosa orribile, sinistra, il patibolo! Oh! lugubre e terribile arnese, arnese d'orrore e di delitto, di agonia, e di morte!

E ora, ero veramente infelice al di là di ogni possibile miseria umana.

Una bestia bruta, di cui avevo ucciso con disprezzo il simile, doveva essere cagione a me, uomo fatto a immagine dell'altissimo Iddio, di tanta disperazione? Ahimè! notte e giorno non conoscevo più la benedizione del riposo!

Di giorno la bestia non mi lasciava un momento; la notte, mi scuotevo di ora in ora da sogni pieni d'indicibile angoscia, per sentirmi sul viso il fiato caldo di quella cosa, e il suo gran corpo – incarnazione d'un incubo che ero impotente a scuotere – gravare in eterno sul mio cuore.

Sotto il peso di tali tormenti, quel poco di buono ch'era rimasto in me soccombette.

I pensieri malvagi erano i miei soli compagni, i più cupi e più malvagi, che si possa immaginare.

La tristezza del mio umore abituale si esacerbò sino all'odio di tutte le cose e di tutta l'umanità; mia moglie, la quale, ahimè, non si lamentava mai, era la pazientissima vittima degli improvvisi, frequenti e indomabili scoppi dell'ira a cui mi abbandonavo ora ciecamente.

Un giorno, per una faccenda casalinga, essa mi accompagnò nella cantina della vecchia casa dove la nostra povertà ci aveva ridotto ad abitare.

Il gatto, seguendomi giù per gli alti gradini della scala, mi fece quasi cadere, ciò che mi esasperò fino alla follia. Alzata un'accetta, dimenticando nell'ira la puerile paura che sino allora aveva trattenuto la mia mano, menai, in direzione dell'animale, un colpo che sarebbe stato mortale, se lo avesse, come era mio disegno, raggiunto. Ma il colpo fu fermato dalla mano di mia moglie. Acceso da questo intervento di una rabbia più che demoniaca, sottrassi il braccio alla stretta e le spaccai la testa con l'accetta. Essa cadde morta sul posto senza emettere un gemito.

Compiuto l'orribile delitto mi misi subito, e deliberatamente, al compito di nascondere il cadavere. Sapevo che, di giorno o di notte, non avrei potuto portarlo fuori di casa senza correre il pericolo d'esser visto dai vicini. Vari progetti mi passarono per la mente. A un certo momento ebbi l'idea di tagliare il cadavere a pezzetti che poi avrei distrutti col fuoco. Poi risolvetti di scavare una fossa nel suolo della cantina. Pensai anche di gettarlo nel pozzo del cortile; d'imballarlo in una cassa come se fosse merce, e così farlo portar via da un facchino. Finalmente mi venne in mente un espediente che ritenni molto migliore degli altri. Decisi di murarlo nella cantina, come vien detto che i monaci del Medio Evo murassero le loro vittime.

La cantina si adattava benissimo a mettere in esecuzione un simile piano. Le mura erano mal costruite e di recente erano state intonacate da capo a fondo: un intonaco grezzo al quale l'umidità dell'atmosfera non aveva ancora permesso di indurire. Inoltre in una delle pareti vi era una sporgenza, forse una falsa canna di camino, che era stata riempita e murata come il rimanente. Non dubitai che mi sarebbe stato facile di spostare in quel punto i mattoni, introdurvi il cadavere e rimurare tutto come prima in modo che nessuno sguardo avrebbe potuto scoprirvi nulla di sospetto.

E in questo calcolo non m'ingannavo. Con l'aiuto di una sbarra di ferro scalzai facilmente i mattoni e, avendo accuratamente sistemato il corpo contro il muro, ve lo assicurai; quindi, senza troppa fatica, rifeci il muro come stava prima. Procuratomi rena e calcina, con tutte le precauzioni possibili, composi un intonaco che non poteva essere distinto dal vecchio, e ricopersi con cura il nuovo lavoro. Quando ebbi finito, fui certo che andava bene. Il muro non presentava traccia di alterazioni. Raccolsi con cura meticolosa i rimasugli sul pavimento. Poi mi guardai trionfalmente intorno e dissi a me stesso: "Qui, almeno, la mia fatica non è andata perduta".

Subito dopo, mi misi a cercare la bestia che era stata la cagione di tanta sciagura: ero fermamente deciso a sopprimerla. Se l'avessi potuta incontrare in quel momento non vi sarebbe stato dubbio sul suo destino: ma evidentemente l'ingegnoso animale si era spaventato dello scatto violento della mia collera ed evitava di comparirmi dinanzi mentre ero di quell'umore. Non si può descrivere né immaginare la profonda, beata sensazione di sollievo che l'assenza della detestabile creatura risvegliò nel mio petto. Essa non si fece rivedere per tutta la notte; così fu che potei godermi una buona nottata, la prima dal momento della sua entrata in casa; dormii a lungo e tranquillamente; sì, dormii nonostante l'assassinio che mi pesava sul cuore!

Passò il secondo, il terzo giorno, e il mio carnefice non riappariva. Respirai di nuovo come un uomo libero. Il mostro, atterrito, era fuggito per sempre! Non lo avrei mai più visto! La mia felicità era al colmo! La colpevolezza del mio nero delitto mi dava poco disturbo. Le poche domande che mi erano state fatte avevano avuto pronta risposta. Era stata ordinata anche una perquisizione, ma naturalmente non si era potuto scoprir nulla. Consideravo perciò come assicurata la mia futura felicità.

Il quarto giorno dopo l'assassinio un gruppo di agenti di polizia mi piombò inaspettatamente in casa e procedette di nuovo a un rigoroso esame dei luoghi. Sicuro come ero dell'impenetrabilità del mio nascondiglio non provai alcun timore. Gli agenti vollero che li accompagnassi nelle loro ricerche. Non lasciarono inesplorato un angolo, un canto. Finalmente, per la terza o quarta volta, scesero in cantina. Non un mio muscolo trasalì. Il cuore mi batteva tranquillamente come quello di un uomo che dorme il sonno dell'innocenza. Girai la cantina da cima a fondo. Incrociate le braccia sul petto passeggiavo di qua e di là liberamente. La polizia era pienamente persuasa e si preparava ad andarsene. Il giubilo del mio cuore era troppo intenso per poter essere rattenuto. Bruciavo dalla voglia di dire non fosse che una parola di trionfo, anche per rendere doppiamente sicura la loro convinzione della mia innocenza.

«Signori,» dissi alla fine quando presero a risalire le scale «sono veramente felice d'aver tranquillizzato i vostri sospetti. Auguro a voi tutti buona salute e un poco più di cortesia. Sia detto di passata, signori miei, questa, questa è una casa singolarmente ben costruita.» (Nel mio sfrenato desiderio di dire qualche cosa con aria di franchezza, non sapevo nemmeno io quel che m'usciva dalla bocca.) «Si può dire anzi che questa è una casa ammirabilmente costruita. Queste mura – ve ne andate, signori? – Queste mura son proprio solide...» e qui con la frenesia di una bravata, picchiai forte con un bastone che tenevo in mano proprio sul punto della parete dietro alla quale stava il cadavere della sposa del mio cuore.

Possa Iddio proteggermi e liberarmi dalle zanne dell'arcidemonio! La vibrazione dei colpi si era appena spenta che una voce mi rispose dal fondo della tomba! Un lamento dapprima velato e interrotto come il singhiozzo di un bambino, che ben presto diventò un grido prolungato, sonoro e continuo, assolutamente anormale e inumano; un urlio, un mugolio, metà di spavento e metà di trionfo quale poteva venire soltanto dall'inferno, dalla gola dei dannati nella loro agonia e dai demoni esultanti nella dannazione, in un tempo.

Parlare dei miei pensieri è follia. Sentendomi mancare traballai sino al muro opposto. Per un momento il gruppo sulla scala rimase immobile, stupefatto dal terrore. Il momento dopo una dozzina di braccia robuste s'abbatterono contro il muro, il quale cadde di un sol pezzo. Il cadavere, già in decomposizione avanzata, lordo di sangue raggrumato, stava in piedi davanti agli occhi degli spettatori. Sopra la testa, con la gola rossa spalancata e l'unico occhio fiammeggiante, era posata la bestia schifosa le cui male arti mi avevano spinto all'assassinio e, la cui voce rivelatrice mi consegnava al carnefice.

Avevo murato il mostro nella tomba.

LO SCARABEO D'ORO

«Ma guarda, ma guarda! Quel ragazzo ha la pazzia di ballare!

È stato morsicato dalla Tarantola.

Tutto al contrario.»

Molti anni or sono mi legai di stretta amicizia con un tale William Legrand. Egli apparteneva a un'antica famiglia ugonotta e una volta era stato ricco; ma una serie di disgrazie l'aveva ridotto in miseria. Per sfuggirne la mortificazione, decise di abbandonare New Orleans, città dei suoi avi, e si trasferí nell'isola di Sullivan, presso Charleston, nella Carolina meridionale.

Quest'isola è molto singolare. Consiste di poco altro che sabbia marina, e ha circa tre miglia di lunghezza. In larghezza non misura mai piú di un quarto di miglio. È separata dalla terraferma da una gora appena visibile che filtra attraverso una macchia fangosa di canne, ritrovo favorito della gallina acquatica. La vegetazione, come è facile supporre, vi cresce misera e nana. Non vi si vedono alberi che possano dirsi propriamente tali. Verso l'estremità occidentale, dove si trova il forte Moultrie e qualche miserabile casuccia di legno, abitata, l'estate, da gente che sfugge le febbri e la polvere di Charleston, s'incontra, è vero, il palmetto spinoso; ma, fatta eccezione di questo punto occidentale e di una striscia dura e biancastra sul mare, tutta l'isola è coperta da una fitta macchia di mirto odoroso, tanto apprezzato dagli orticultori inglesi. I cespugli, qui, raggiungono spesso l'altezza di quindici o venti piedi e formano un folto quasi impenetrabile, che appesantisce l'aria della sua fragranza.

Nel piú forte di questa macchia, non lontano dall'estremità orientale, la piú remota, dell'isola, Legrand si era costruito una piccola capanna, nella quale viveva quando io, per puro caso, feci la sua conoscenza. Questa ben presto si cambiò in amicizia, poiché nel carattere di quel recluso vi era di che destare l'interesse e la stima. Egli era molto istruito, dotato di facoltà intellettuali non comuni ma affetto da misantropia e soggetto a morbose alternative di entusiasmo e di malinconia. Aveva con sé molti libri ma raramente leggeva. I suoi divertimenti principali erano la caccia e la pesca, o anche passeggiare sulla spiaggia o fra i mirti in cerca di conchiglie e di rarità entomologiche; la sua collezione avrebbe potuto fare invidia a un Swammerdamm. In queste escursioni lo accompagnava di solito un vecchio negro di nome Jupiter, affrancato prima che cominciassero i rovesci della famiglia Legrand, ma che nessuno era riuscito né con minacce né con promesse a convincere di abbandonare quello che egli considerava diritto di sorveglianza sul suo giovane «Massa Will». Non è improbabile che i parenti di Legrand, ritenendo quest'ultimo alquanto squilibrato di mente, fossero riusciti a suggerire questa ostinazione a Jupiter allo scopo di assistere e proteggere il vagabondo.

Nella latitudine dell'isola di Sullivan raramente gli inverni sono rigorosi; ed è eccezionale il caso che d'autunno sia indispensabile far fuoco. Verso la metà d'ottobre, 18..., capitò, comunque, una giornata di freddo intenso. Poco prima del tramonto mi andavo aprendo un passaggio attraverso i sempreverdi verso la capanna del mio amico che da varie settimane non avevo visto. Abitavo allora a Charleston, distante nove miglia dall'isola, e le possibilità di andare e venire erano assai minori di quelle di oggidí. Arrivato alla capanna, secondo il solito, picchiai; non ricevendo risposta cercai la chiave là dove sapevo che veniva nascosta di solito, aprii la porta ed entrai. Un bel fuoco fiammeggiava nel camino. Era una novità, e tutt'altro che spiacevole. Mi sbarazzai del pastrano, tirai una poltrona vicino ai tronchi scoppiettanti, e mi misi pazientemente ad aspettare l'arrivo dei miei ospiti.

Essi arrivarono poco dopo l'imbrunire e mi fecero un'accoglienza molto cordiale. Jupiter, col viso tutto un sorriso, si mise in faccende per cucinare alcune galline d'acqua che dovevano servirci da cena. Legrand era in preda a una delle sue crisi – come chiamarla altrimenti? – d'entusiasmo. Aveva trovato una bivalva sconosciuta, che dava origine a una nuova specie, ma piú di questo era contento d'esser riuscito, con l'aiuto di Jupiter, a impadronirsi di uno scarabeo che egli credeva di un genere assolutamente nuovo, e del quale desiderava di avere, la mattina dopo, la mia opinione.

– E perché no stasera? – domandai io con le mani tese alla fiamma, mandando al diavolo dentro di me l'intera genia degli scarabei.

– Ah, se avessi saputo che eravate qui! – fece Legrand. – Ma è tanto che non vi abbiamo visto; come avrei mai potuto immaginare che sareste venuto a farmi visita per l'appunto stasera? Tornando a casa ho incontrato il tenente G..., del forte, e, da vero stordito, gli ho prestato lo scarabeo e cosí non lo potrete vedere sino a domattina. Fermatevi qui stanotte, e domattina all'alba manderò Jup a riprenderlo. È la cosa piú bella del creato!

– Cosa! l'alba?

– No, no! Lo scarabeo. È tutto color d'oro, grosso come una noce, con due macchie nerissime a una estremità del dorso, e una terza, un po' lunga, all'altra. Le antenne sono...

– Che antenne e non antenne! – interruppe Jupiter . – È proprio un ronzon d'oro, tutto d'oro, di dentro e di fuori, meno le ali. Mai sentito un insetto che pesasse nemmeno la metà di quello lí.

– Va bene, Jup, diciamo che sia cosí – rispose Legrand, un poco piú sul serio, mi parve, di quanto non fosse il caso – ma questa non è una buona ragione per lasciar bruciare la cena. Il colore – qui si rivolse a me – certo parrebbe render plausibile l'idea di Jupiter. Un luccichío piú metallico, piú brillante di quello delle sue elitre, non l'avrete certamente mai visto; ma sino a domani non ne potete giudicare. Intanto, posso darvi un'idea della sua forma. – Nel dir questo, si mise a sedere a un tavolino sul quale si trovavano penna e calamaio. Ma non c'era carta. Egli guardò nel tiretto, ma non ce n'era nemmeno lí.

– Non importa, – disse finalmente – questo basterà – tirò fuori dal taschino della sottoveste un pezzetto di carta molto sudicia che parve della pergamena, e vi abbozzò un disegno, a penna. Io intanto stavo sempre al fuoco: avevo ancora freddo. Quando egli ebbe terminato il suo disegno me lo porse, senza alzarsi. Nel mentre io lo prendevo, si udí un brontolío rumoroso, poi grattare alla porta. Jupiter aprí, un grosso cane di Terranova, il cane di Legrand, si precipitò dentro, mi saltò alle spalle, facendomi gran festa; nelle mie precedenti visite io ne avevo fatto molto caso. Quando il cane ebbe smesso, guardai la carta, e, a dire il vero, non fui poco stupito da quel che il mio amico aveva disegnato.

– Dunque! – dissi, dopo di averlo contemplato per vari minuti – questo è davvero uno strano scarabaeus, lo confesso: nuovissimo per me: non ho mai visto nulla di simile; a meno che non sia un teschio, il cranio di un morto: somiglia piú a un teschio che a qualsiasi altra cosa che mi sia mai capitato di osservare.

– Un teschio! – ripeté Legrand. – Ah, sí, sulla carta c'è una certa somiglianza, senza dubbio. Le due macchie nere superiori, gli occhi, eh?, e quella piú lunga, sotto, la bocca; e la forma dell'insieme è ovale.

– Può darsi, – risposi io – ma temo, Legrand, che non siate un artista. Bisognerà che aspetti di vedere l'insetto stesso per farmene una vera idea.

– Come volete, – rispose lui, un po' seccato – eppure io so disegnare, o almeno dovrei saper disegnare: ho avuto buoni maestri e mi lusingo di non essere assolutamente un idiota.

– Ma allora, caro mio, voi volete scherzare – soggiunsi – Come teschio è passabile, anzi direi che è un teschio eccellente, secondo le nozioni che si hanno volgarmente su questi esempi di fisiologia, e il vostro scarabeo deve essere il piú strano scarabeo del mondo se gli somiglia. Anzi, ci si potrebbe fabbricar sopra la sua brava superstizione; raccapricciante addirittura. Suppongo che gli metterete nome scarabaeus caput hominis, o qualche cosa di simile: nelle Storie Naturali si trovano molti nomi del genere. Ma dove sono le antenne di cui mi avete parlato?

– Le antenne! – fece Legrand, che prendeva a riscaldarsi su quel soggetto in modo irragionevole. – Bisogna bene che vediate le antenne. Le ho fatte tali e quali sono nell'originale, mi pare che basti.

– Va bene, – dissi io – mettiamo pure che le abbiate fatte: il fatto è che io non le vedo; – e gli resi la carta senza altre osservazioni, non volendo farlo inquietare, ma ero molto sorpreso della piega che prendeva la faccenda; il suo cattivo umore mi dava da pensare, mentre il disegno dell'insetto non presentava traccia di antenne, ed era senza dubbio molto somigliante all'immagine solita di un teschio.

Legrand riprese la carta di malumore, e stava per spiegazzarla, apparentemente per buttarla nel fuoco, quando un'occhiata distratta al disegno parve improvvisamente richiamare su quello la sua attenzione. In un momento il suo viso diventò rosso di bragia, e subito dopo pallidissimo. Seguitò qualche minuto, senza muoversi di dove stava, a esaminare minutamente il disegno. Finalmente si alzò, prese di sulla tavola una candela e andò a sedersi su un baule da marinaio nel canto piú lontano della stanza. Là riprese con ansia a esaminare la carta, rigirandola in tutti i sensi. Però non diceva nulla, e il suo modo di fare mi stupiva estremamente; comunque io giudicai prudente di non esacerbare il suo crescente malumore con qualche commento. Poi dalla tasca della giacchetta egli prese il portafogli, vi mise accuratamente la carta, e lo ripose in una scrivania che chiuse a chiave. Cominciò allora a calmarsi; ma il suo entusiasmo di prima si era spento affatto. Tuttavia pareva piuttosto astratto che scontroso. Col protrarsi della serata, si assorbí sempre piú nelle sue fantasticherie dalle quali i miei tratti di spirito non riuscivano a destarlo. Avevo avuto l'intenzione di passare la notte nella capanna, come m'era successo altre volte, ma visto l'umore del mio ospite, riputai conveniente prender congedo. Legrand non mi esortò a restare, tuttavia, quando partii, mi strinse la mano anche piú cordialmente del solito.

Fu circa un mese dopo (e per tutto questo tempo non avevo saputo piú nulla di Legrand) che ricevetti la visita, a Charleston, del negro Jupiter. Non avevo mai visto il buon vecchio cosí avvilito, ed ebbi paura che fosse avvenuta qualche grave disgrazia al mio amico.

– Dunque, Jup, – gli dissi – cosa c'è di nuovo? come sta il tuo padrone?

– Per dir la verità, massa, potrebbe stare anche meglio.

– Non sta bene? Me ne dispiace davvero. Ma che cos'ha, di cosa si lamenta?

– Eh, appunto...; non si lamenta di nulla... ma è malato lo stesso; malato grave.

– Grave, Jupiter!... perché non me l'hai detto subito? È a letto?

– Nemmeno per sogno! Non trova pace in nessun posto, questo è il male... io sto molto in pensiero per il povero massa Will.

– Spiegati chiaro, Jupiter, santo Dio! Dici che il tuo padrone è malato. Non ti ha detto che cosa ha?

– Ecco, massa, perché vi arrabbiate? Massa Will dice che lui non ha niente: ma allora cos'è che lo fa andare di qua e di là, a questo modo, con la testa giú e le spalle su, e bianco come un'oca? E poi quelle cifre, sempre...

– Cosa, Jupiter?

– Le cifre, sulla lavagna, le cifre piú strambe che io abbia mai visto. Ve lo dico io: io comincio ad aver paura. Bisogna che non lo perda di vista un momento. L'altro giorno m'è scappato prima dell'alba ed è rimasto fuori tutto il giorno. Io avevo preparato un bel bastone per dargli una lezioncina quando sarebbe tornato... ma son tanto bestia che poi non ho avuto il cuore di dargliela: aveva tanto brutta cera.

– Come?... Ah... sí! Tutto considerato direi che sarebbe meglio non far troppo il severo con quel povero figliolo. Non bisogna bastonarlo, Jupiter, non potrebbe sopportarlo; ma non hai un'idea di cosa sia stata l'origine di questa malattia, o piuttosto di questo mutamento di condotta? È accaduto nulla di spiacevole da quando ci siamo visti?

– No, massa, da allora in poi nulla; è di prima che ho paura, fu il giorno che c'eravate voi.

– Cosa? Che vuoi dire?

– Ecco, massa, voglio dire lo scarabeo... ecco, ora l'ho detto.

– Lo...?

– ... scarabeo. Io son proprio sicuro che massa Will è stato morsicato in qualche posto nel capo da quello scarabeo d'oro.

– E cos'è, Jupiter, che ti fa supporre...

– Le pinze non gli mancano, né la bocca. Non ho mai visto un insetto cosí dannato: urta, morsica tutto quel che gli viene vicino. Massa Will l'ha preso per il primo, ma lo dovette lasciare andare alla svelta. Ve lo dico io: è allora che è stato morsicato. Quella bocca non mi piaceva punto, a me; ma proprio punto; con le dita non l'avrei preso davvero, io lo presi con un pezzo di carta ch'era lí in terra. L'involtai nella carta e gliene ficcai un pezzo in bocca: quello era il modo.

– Dunque tu credi che il tuo padrone sia stato morsicato davvero dallo scarabeo e che sia stata la morsicatura a farlo ammalare?

– Io non credo nulla: lo so. Che cos'è che lo fa sognare sempre oro, se non perché è stato morsicato dallo scarabeo d'oro? Ne ho sentito dir tante di questi scarabei d'oro.

– Ma come fai a sapere che sogna sempre oro?

– Come lo so? Ne parla mentre dorme, ecco come lo so.

– Mettiamo che tu abbia ragione; ma a quale fortunata circostanza debbo attribuire l'onore della tua visita oggi?

– Cosa volete dire, massa?

– Hai forse da farmi un'ambasciata da parte di Mister Legrand?

– No, massa, vi porto questa lettera – e qui Jupiter mi porse un biglietto che diceva:

«Mio caro

«Per quale ragione non vi fate piú vedere? Spero che sarete stato tanto sciocco da prendervi a male i miei modi bruschi di quel giorno; ma questo non è possibile.

«Da quando vi ho veduto l'ultima volta, ho avuto di che esser molto preoccupato. Ho qualche cosa da dirvi, eppure non so come dirvelo, e nemmeno se ve lo debbo dire.

«Da qualche giorno non sto bene e il mio buon vecchio Jupiter mi secca in modo insopportabile con le sue benevoli attenzioni. Lo credereste? l'altro giorno aveva preparato un bel bastone per castigarmi di essere riuscito a scappargli e di aver passato tutta la giornata, solus, sulla terraferma, fra le colline. Credo in verità che soltanto la mia cattiva cera mi abbia risparmiato una bastonatura.

«Da quando ci siamo visti non ho aggiunto nulla alla mia collezione.

«Se vi è possibile, in un modo o nell'altro, tornate con Jupiter. Venite. Vorrei vedervi stasera per affari d'importanza. Vi assicuro che è cosa della piú alta importanza.

«Sempre vostro   William Legrand.»

Nel tono di quel biglietto c'era qualche cosa che mi mise addosso un gran disagio. Il suo stile differiva assai dal solito di Legrand. Che cosa mai andava sognando? Quale nuova ubbia aveva preso possesso della sua mente eccitabile? Quale affare della piú alta importanza poteva egli aver mai da trattare? Quel che di lui raccontava Jupiter non dava nulla di buono da presagire. Temetti che il continuo peso delle disgrazie avesse, col tempo, scosso la ragione del mio amico. Senza piú un momento di esitazione, mi preparai ad accompagnare il negro.

Giunti che fummo al molo, vidi una falce e tre vanghe, nuove in apparenza, sul fondo della barca nella quale stavamo per imbarcarci.

– E questo che vuol dire, Jup? – chiesi.

– Sono una falce, massa, e tre vanghe.

– Verissimo; ma che ci stanno a fare?

– Son la falce e le vanghe che massa Will ha voluto che gli comprassi in città; e quanti quattrini mi sono costate!

– Ma che cosa, in nome di Dio, vuol fare il tuo massa Will di una falce e di tre vanghe?

– Questo poi non lo so, e il diavolo mi porti se lo sa nemmen lui. Ma è tutto lo scarabeo...

Vedendo che non c'era da ottener molta soddisfazione da Jupiter, il cui intelletto sembrava essere interamente assorbito dallo «scarabeo», scesi nella barca e alzammo la vela. Con un buon vento in favore, presto entrammo nella piccola baia a nord del forte Moultrie, e una camminata di un paio di miglia ci portò alla capanna. Erano circa le tre del pomeriggio quando arrivammo. Legrand ci aspettava con viva impazienza. Egli mi strinse la mano con un'ansia nervosa che mi fece impressione e rinvigorí i miei nascenti sospetti.

Era pallido di un pallore spettrale e i suoi occhi infossati brillavano di una fiamma non naturale. Dopo qualche domanda sulla salute, non trovando altro da dirgli, gli chiesi se il luogotenente G... gli avesse reso lo scarabeo.

– Oh, sí, – rispose, arrossendo improvvisamente – l'ho riavuto la mattina dopo. Per nulla al mondo mi separerò piú da quello scarabeo. Jupiter ha ragione!

– In che cosa? – chiesi con un triste presentimento.

– A dire che è veramente d'oro.

Lo disse con tanta serietà da far pena ad ascoltarlo.

– Questo scarabeo è destinato a far la mia fortuna – continuò con un sorriso di trionfo – e a reintegrarmi nel patrimonio della mia famiglia. C'è quindi da stupirsi se lo apprezzo tanto? Poiché la fortuna ha pensato bene di farmelo cadere nelle mani, non ho da far altro che usarne convenientemente per giungere all'oro di cui è l'indizio. Jupiter, portamelo qui.

– Che? Lo scarabeo, massa? Io non voglio disturbarlo, io; è meglio che lo prendiate da voi.

Con aria grave e solenne Legrand si alzò e preso l'insetto di sotto a una campana di vetro, dove lo teneva, me lo porse.

Era uno scarabeo magnifico, sconosciuto allora ai naturalisti, e pertanto, dal punto di vista scientifico, di gran pregio. A una estremità del dorso, aveva due macchie nere e rotonde, e una terza macchia di forma allungata all'altra estremità. Le elitre erano durissime e lucenti, e sembravano di oro brunito. Il suo peso era molto notevole, e, tutto considerato, non c'era da far troppo carico a Jupiter della opinione che ne aveva, ma che Legrand la pensasse allo stesso modo, ecco quel che non potevo capire.

– Vi ho mandato a chiamare – disse Legrand con un tono enfatico quando ebbi finito l'esame dell'insetto – per domandarvi consiglio e aiuto nel compimento di ciò che vogliono il Fato e lo scarabeo...

– Mio caro Legrand, – esclamai interrompendolo – voi certo non state troppo bene, e fareste meglio a prendere qualche precauzione. Andate a letto, e io starò con voi qualche giorno fino a che non vi sarete rimesso. Ora avete la febbre e...

– Tastatemi il polso – egli disse.

Glielo tastai, e, a dire il vero, non trovai il piú leggero sintomo di febbre.

– Ma potreste essere malato senza avere febbre. Permettetemi, una volta tanto, di farvi da medico. Prima di tutto, mettetevi a letto. Poi...

– V'ingannate, – egli interruppe – io sto come meglio non posso sperare di stare nelle condizioni d'eccitamento in cui mi trovo. Se veramente mi volete vedere guarito, curate la mia esaltazione.

– E come si può fare questo?

– È facilissimo. Jupiter e io partiamo per una spedizione nelle colline della terraferma ed abbiamo bisogno dell'aiuto di una persona della quale ci si possa fidare completamente. Il solo di cui abbiamo fiducia siete voi. Che la nostra impresa riesca o fallisca, l'eccitamento che ora vedete in me, cesserà.

– Desidero vivamente di servirvi in qualunque modo, – risposi – ma volete dire che quest'infernale scarabeo abbia qualche rapporto con la vostra spedizione nelle colline?

– Senza dubbio.

– E allora, Legrand, mi è impossibile di prender parte a un'impresa cosí assurda.

– Me ne dispiace, me ne dispiace molto... perché bisognerà provare da noi soli.

– Da soli! È impazzito di certo!... Ma vediamo... quanto tempo vi proponete di star via?

– Probabilmente tutta la notte. Partiamo subito e in ogni modo saremo di ritorno al levar del sole.

– E mi promettete sul vostro onore che, appagato questo capriccio e sistemato a vostra soddisfazione, buon Dio!, l'affare dello scarabeo, ritornerete a casa e seguirete esattamente il mio parere come se fosse quello del vostro medico?

– Sí, lo prometto; e ora andiamo perché non abbiamo tempo da perdere.

Accompagnai il mio amico col cuore grosso. Ci mettemmo in cammino alle quattro, Legrand, Jupiter, il cane e io. Jupiter prese falce e vanghe; insistendo a volerle portare lui piú pel timore, mi parve, di lasciare qualcuno di quegli istrumenti nelle mani del suo padrone, che per eccesso di zelo e di compiacenza. Era di un umore infernale, e le parole «dannato scarabeo!» furono le sole che gli uscirono dalle labbra lungo la strada. Da parte mia io portavo due lanterne cieche, mentre Legrand si era contentato del solo scarabeo che portava attaccato all'estremità di un pezzo di spago facendolo girare intorno a sé con un'aria di magia. Quando osservai quest'ultimo, evidente sintomo dell'aberrazione mentale del mio amico, riuscii appena a rattenere le lagrime.

Tuttavia giudicai che, almeno pel momento, fosse meglio dargliela vinta, sino a quando non potessi adottare qualche misura piú energica con probabilità di successo. Intanto provavo, ma inutilmente, a interrogarlo sullo scopo della nostra spedizione.

Ora che era riuscito a persuadermi di accompagnarlo, sembrava poco disposto a intavolare discorso su soggetti di minore importanza e, ad ogni mia domanda, rispondeva invariabilmente: «Vedremo!».

Traversammo con una barchetta il canale alla punta dell'isola, e arrampicandoci sugli spalti della riva di terraferma, ci dirigemmo a nordovest attraverso una regione orribilmente selvaggia e desolata dove non era traccia di piede umano. Legrand procedeva per primo, con decisione, fermandosi solamente, di tempo in tempo, per consultare certi segni che parevano essere stati fatti da lui stesso in precedenti escursioni.

Andammo avanti cosí per circa due ore, e il sole era al tramonto quando entrammo in una regione infinitamente piú sinistra di quante ne avevamo viste sino allora. Era una specie di altipiano in costa alla cima di una collina pressoché inaccessibile, coperta di boscaglie dalle falde alla vetta e cosparsa di enormi blocchi di pietra che sembravano giacere alla rinfusa sul suolo, e parecchi dei quali sarebbero certo precipitati nelle valli sottostanti se non fossero stati trattenuti dagli alberi a cui si appoggiavano. Profondi burroni si aprivano in varie direzioni dando alla scena una solennità ancora più tetra.

La piattaforma naturale sulla quale eravamo saliti era coperta di folti cespugli attraverso i quali ci accorgemmo ben presto che, senza l'aiuto della falce, non avremmo potuto aprirci un passaggio; e Jupiter, dietro ordine del suo padrone, cominciò a tracciare un sentiero fino al piede di un gigantesco tulipifero che, insieme a otto o dieci querci, si alzava sul ripiano sorpassando di molto le querci, come qualunque altro albero che io avessi mai veduto, per la bellezza delle sue forme e del suo fogliame, per l'imponente sviluppo de' suoi rami e per la maestà dell'aspetto. Arrivati a quell'albero, Legrand si voltò verso Jupiter e gli domandò se credeva di potercisi arrampicare. Il vecchio parve piuttosto stupito dalla domanda e rimase qualche momento senza rispondere. Finalmente si accostò al gran tronco, ne fece lentamente il giro e l'esaminò con minuziosa attenzione. Terminato il suo esame, disse soltanto:

– Sí, massa; Jup si arrampica su qualunque albero di questo mondo.

– Allora, sali, più presto che puoi; tra poco sarà troppo scuro per poterci vedere.

– Fino a dove bisogna salire, massa? – domandò.

– Va' prima sul tronco, poi ti dirò io da che parte ti devi voltare... Ah! fermati! prendi con te lo scarabeo.

– Lo scarabeo, massa Will... lo scarabeo d'oro! – gridò il negro – su per l'albero? Che il diavolo mi porti se lo prendo!...

– Se tu hai paura, Jup, un negro grande e grosso come te, se hai paura di toccare un piccolo insetto morto e inoffensivo, ebbene lo puoi portar su con questo spago; ma se non lo porti su in qualche modo, io mi vedrò nella crudele necessità di spaccarti la testa con questa vanga.

– Che vi piglia ora, massa? – domandò Jup, reso più arrendevole dalla vergogna. – Volete sempre bisticciarvi col vostro vecchio negro! Ma se era solo uno scherzo. Io, aver paura dello scarabeo! Che me n'importa dello scarabeo?

Con grande cautela prese l'estremità dello spago, e, tenendo l'insetto quanto più poteva lontano dalla sua persona, cominciò ad arrampicarsi lungo il tronco dell'albero.

In gioventú, il tulipifero o liriodendro, il più splendido albero delle foreste americane, ha un tronco particolarmente liscio che spesso si eleva fino a grande altezza senza rami laterali: arrivato poi alla sua maturità, la scorza diventa rugosa e ineguale mentre molte corte rame germogliano dal tronco. Nel nostro caso, quindi, l'ascensione era più difficile in apparenza che in realtà. Abbracciando come meglio poteva con le braccia e le ginocchia l'enorme cilindro del tronco, afferrando con le mani qualche sporgenza e posando i piedi nudi su altre, Jupiter, dopo di essere stato sul punto di cadere un paio di volte, si spinse sino alla prima grande biforcazione, e parve ritenere l'ascensione come virtualmente compiuta. Infatti il rischio dell'impresa era finito, benché il negro si trovasse a sessanta o settanta piedi dal suolo.

– E ora, massa Will – chiese – da che parte debbo andare?

– Prendi per il ramo più grosso, – rispose Legrand – quello da questa parte.

Il negro obbedí prontamente e, apparentemente, senza troppe difficoltà; saliva sempre e a un certo punto non fu piú possibile vederlo attraverso il denso fogliame che lo avviluppava. Poi s'udí la sua voce come attraverso una nebbia:

– Fino a dove bisogna salire?

– A che altezza sei? – chiese Legrand.

– Tanto in alto, – rispose il negro – da vedere il cielo sopra alla punta dell'albero.

– Non t'occupare del cielo, ma sta' attento a quel che ti dico. Guarda in giú lungo il tronco, e conta i rami sotto di te da questa parte. Quanti ne hai passati?

– Uno, due, tre, quattro, cinque... ho passato cinque rami grossi da questa parte, massa.

– Allora sali un ramo piú in su.

Dopo qualche minuto si fece sentire di nuovo la voce del negro che annunziava di aver raggiunto il settimo ramo.

– Ora, Jup, – gridò Legrand in preda a una manifesta agitazione – bisogna che tu trovi il modo di avanzare piú che puoi su quel ramo. Se vedi qualche cosa di strano, dimmelo.

Ormai quel po' di dubbio che mi poteva esser rimasto sulla pazzia del mio povero amico era sparito. Non rimaneva altra alternativa che di considerarlo come colpito da alienazione mentale, e cominciai a preoccuparmi seriamente sul da farsi per ricondurlo a casa. Mentre stavo pensando a quel che sarebbe stato meglio fare, la voce di Jupiter si fece sentire un'altra volta.

– Ho paura di spingermi troppo su questo ramo; è secco per quasi tutta la sua lunghezza.

– Hai detto proprio che è un ramo secco, Jupiter? – gridò Legrand con la voce tremante.

– Sí, secco come un chiodo, non c'è dubbio possibile: morto, partito...

– In nome di Dio, che cosa debbo fare? – chiese Legrand che pareva in preda alla disperazione.

– Che fare? – risposi, prendendo l'occasione di metterci una parola. – Tornare a casa e andare a letto. Via da bravo, venite! Si fa tardi, e poi ricordatevi della vostra promessa.

– Jupiter, – gridò il mio amico senza darmi retta – mi senti?

– Sí, massa Will, vi sento perfettamente.

– Prova il legno col tuo coltello e dimmi se ti pare molto putrefatto.

– Putrefatto, massa, molto putrefatto, – rispose il negro dopo qualche momento – non tanto però quanto potrebbe esserlo. Potrei avanzare ancora un poco sul ramo... ma solo.

– Solo! che cosa vuoi dire?

– Voglio dire lo scarabeo. Lo scarabeo è molto pesante. Mettiamo che lo lasciassi cascar prima, il ramo non si spezza di certo col peso di un povero negro.

– Briccone infernale! – fece Legrand che parve molto sollevato – che sciocchezze son queste? Se lasci cader l'insetto bada che ti torco il collo. Hai inteso, Jupiter?

– Sí, massa, ma non vale la pena di trattare in questo modo un povero negro.

– Ebbene, ora ascolta: se ti spingerai su quel ramo piú lontano che potrai senza pericolo e senza lasciar lo scarabeo, appena sarai disceso ti regalerò un dollaro d'argento.

– Vado, vado, massa Will, eccomi, – rispose sollecitamente il negro – son quasi alla fine.

– Alla fine? – urlò, quasi, Legrand – hai detto che sei alla fine del ramo?

– Ci sono quasi, massa, Ooooh! Signore Iddio misericordia! Che cos'è questo sull'albero?

– Ebbene, – gridò Legrand al colmo della gioia – che c'è?

– Eh! non è altro che un teschio, qualcuno ha lasciato la sua testa sull'albero, e i corvi ne hanno mangiata tutta la carne.

– Un teschio, tu dici?... benissimo!... come è attaccato al ramo?... Cos'è che lo regge?

– Sicuro, massa; ora guardo. Ah, parola d'onore, questa è curiosa; c'è un chiodo, un gran chiodo che lo tiene fermo all'albero.

– Dunque, ora, Jupiter, fa' esattamente quel che ti dico: hai capito?

– Sí, massa.

– Sta' attento! trova l'occhio sinistro del teschio.

– Oh! ih! questa è buffa davvero!... non c'è occhio sinistro.

– Maledetto stupido! Lo sai qual è la mano destra e la sinistra?

– Sicuro che lo so: la mia mano sinistra è quella con la quale taglio la legna.

– Già; sei mancino: e il tuo occhio sinistro si trova dalla stessa parte della tua mano sinistra. Ora mi pare che dovresti riuscire a trovare l'occhio sinistro del teschio o il posto dove era. L'hai trovato?

Qui occorse una lunga pausa. Finalmente il negro domandò:

– L'occhio sinistro del teschio sta dalla stessa parte che la mano sinistra del teschio? Perché il teschio non ha punto mani, ma non fa nulla! Ho trovato l'occhio sinistro: ora... ecco qua l'occhio sinistro! e ora cosa ne devo fare?...

– Passaci lo scarabeo attraverso, fino a che ti basta lo spago, – ma sta' bene attento a non lasciarlo andare.

– Ecco fatto, massa Will; non era difficile far passare lo scarabeo dal buco; guardate, eccolo che scende.

Durante questo dialogo la persona del negro era rimasta invisibile; ma l'insetto che egli faceva scorrere appariva ora appeso all'estremità dello spago e scintillava come una sfera d'oro brunito agli ultimi raggi del sole morente che ancora illuminavano debolmente l'altura sulla quale eravamo. Lo scarabeo pendeva fuori dal viluppo dei rami, e se Jupiter lo avesse lasciato andare, sarebbe caduto ai nostri piedi. Legrand prese immediatamente la falce e si mise a liberare dai cespugli uno spazio circolare di tre o quattro metri di diametro, proprio sotto all'insetto appeso: poi, quando ebbe terminato, ordinò al negro di lasciare andare lo spago e di scendere dall'albero.

Con scrupolosa diligenza, il mio amico conficcò un piolo nel punto preciso dove lo scarabeo era caduto e si trasse quindi di tasca una misura a nastro. Ne fissò un'estremità al collo dell'albero dalla parte piú vicina al piolo, la srotolò sino a raggiungere quest'ultimo e poi ancora nella direzione già stabilita da questi due punti – il tronco e il piolo – per un cinquanta piedi, nel mentre Jupiter seguitava con la falce a pulire il terreno dai cespugli. Nel punto cosí raggiunto venne piantato un secondo piolo, intorno al quale fu descritto grossolanamente un circolo di circa quattro piedi di diametro.

Legrand prese allora una vanga, e dandone una a Jupiter e un'altra a me, ci pregò di metterci a scavare di tutta lena.

A dire il vero, io non ho mai trovato gran gusto in tale esercizio, e in quel momento ne avrei fatto molto volentieri a meno, perché la notte avanzava ed ero già stanco della fatica durata fin allora; ma non vedevo via d'uscita, e temevo di turbare con un rifiuto la calma del mio povero amico. Avessi potuto contare sull'aiuto di Jupiter, non avrei esitato a tentar di ricondurre con la forza quel pazzo a casa sua; ma conoscevo troppo bene il carattere del vecchio negro per poter contare su di lui se, in qualunque circostanza, si fosse reso necessario intraprendere una lotta personale col suo padrone. Non dubitavo che Legrand non fosse stato contagiato da una delle innumerevoli superstizioni che si hanno nel sud a proposito di tesori nascosti: e che tale idea avesse trovato conferma nella scoperta dello scarabeo, o forse anche nella ostinazione di Jupiter a sostenere che si trattava d'uno scarabeo d'oro vero. Una mente propensa alla follia poteva facilmente lasciarsi dominare da simili suggestioni, specialmente se andavano d'accordo con altre proprie idee preconcette; poi mi ricordai il discorso del povero giovane sullo scarabeo, «inizio della sua fortuna». In conclusione ero crudelmente tormentato e imbarazzato; ma risolvetti di far di necessità virtú e mi misi a scavare di lena e cosí convincere il visionario, con una dimostrazione oculare, della inanità delle sue illusioni.

Accendemmo le lanterne e ci mettemmo al lavoro con uno zelo degno di miglior causa; alla debole luce che rischiarava noi e i nostri utensili, non potevo rattenermi dal pensare che formavamo un gruppo assai pittoresco e che il nostro lavoro sarebbe parso assai strano e sospetto a chi per caso fosse passato di là.

Faticammo per due ore buone. Scambiammo ben poche parole fra di noi e il nostro imbarazzo principale era cagionato dall'abbaiare del cane che prendeva troppo interesse al nostro lavoro. Quell'abbaiare alla fine diventò talmente turbolento che tememmo di dare l'allarme a qualche sbandato dei dintorni. Era Legrand, a dire il vero, che lo temeva; per conto mio, io sarei stato felice di qualsiasi interruzione che mi avesse permesso di ricondurre a casa il vagabondo. Finalmente il chiasso fu interrotto da Jupiter, il quale, uscendo dalla buca con un'aria di ostinata deliberazione, legò la bocca della bestia con una delle sue bretelle, e dato quindi in una risata grave e soddisfatta si rimise al lavoro.

In capo alle due ore, avevamo raggiunta una profondità di cinque piedi e non si era palesato ancora nessun segno di tesoro.

Seguí una pausa generale e io cominciai a sperare che la farsa fosse per finire. Tuttavia Legrand, quantunque visibilmente sconcertato, si asciugò la fronte con aria pensosa, e riprese a scavare.

Avevamo già scavato tutto il circolo di quattro piedi di diametro; ora allargammo di qualche poco il limite e scavammo ancora per due piedi di profondità. Ma non apparve nulla.

Il cercatore d'oro, di cui avevamo sincera compassione, finalmente risalí dalla fossa col piú amaro disinganno sul viso e lentamente e con riluttanza si mise a infilare la giacca che s'era levata nel cominciare il lavoro. Intanto io non facevo alcuna osservazione. A un segno del padrone Jupiter prese a radunare gli arnesi. Il che fatto e tolta la museruola al cane, prendemmo la via del ritorno in profondo silenzio.

Avevamo fatto forse una dozzina di passi, quando Legrand con una grossa bestemmia saltò addosso a Jupiter e l'afferrò per il bavero. Il negro stupefatto spalancò quanto eran grandi gli occhi e la bocca, lasciò cadere gli arnesi e cadde in ginocchio.

– Scellerato! – gridò Legrand, fischiando le sillabe fra i denti – negro dell'inferno, parla, ti dico! Rispondi subito e sta' bene attento a non sbagliare! Qual è il tuo occhio sinistro?

– Ah! misericordia! massa Will! Questo è il mio occhio sinistro di certo! – urlò terrorizzato Jupiter, ponendosi la mano sull'occhio destro e tenendovela ferma con l'ostinatezza della disperazione, come in timore che il suo padrone glielo volesse strappare.

– Me lo immaginavo! lo sapevo bene! evviva! – si mise a urlare Legrand lasciando libero il negro e abbandonandosi a una serie di sgambetti e di capriole, con grande stupore del suo domestico il quale, rialzatosi in piedi, senza una parola, girava lo sguardo dal suo padrone a me, e da me al suo padrone.

– Andiamo, bisogna tornare indietro, – fece questi – la partita non è perduta. – E ci ricondusse verso il tulipifero.

– Vieni qui, Jupiter! – disse quando giunse ai piedi dell'albero. – Il teschio inchiodato al ramo, stava con la faccia rivolta in fuori o verso il ramo?

– La faccia era rivolta in fuori, massa, cosí che i corvi potevano beccare gli occhi senza difficoltà.

– Dunque, è da quest'occhio o da quest'altro che hai fatto passare lo scarabeo? – e Legrand, cosí dicendo, toccò alternativamente gli occhi di Jupiter.

– Da questo qui, massa, l'occhio sinistro, proprio come mi dite – ed era l'occhio destro che il negro diceva.

– Andiamo, andiamo, bisogna riprovare.

Allora il mio amico nella cui follia io ora vedevo, o credevo di vedere, alcuni indizi di metodo, rimosse il piolo che indicava il punto dov'era caduto lo scarabeo, di un tre pollici verso ovest dal posto di prima. Svolgendo quindi nuovamente la sua misura dal punto piú vicino del tronco al piolo, e continuando poi a svolgerla in linea diritta fino a una distanza di cinquanta piedi, ne risultò un nuovo punto distante varie yarde da quello scavato.

Intorno alla nuova posizione, venne ora tracciato un circolo un po' piú largo del primo, e tutti ci rimettemmo a lavorare con le vanghe. Io ero terribilmente stanco; ma, senza capire perché, non sentivo piú la grande avversione di prima per la fatica che mi veniva imposta. Vi prendevo un inesplicabile interesse; anzi ero addirittura eccitato. Forse nella condotta stravagante di Legrand c'era qualche cosa di deliberato, di previsto, che mi impressionava. Scavavo con ardore, e di tanto in tanto mi sorprendevo a spiare, con un curioso sentimento che somigliava all'aspettativa, se comparisse quell'immaginario tesoro che aveva fatto dar di volta al cervello del mio sventurato compagno.

In un momento in cui queste fantasie si erano piú pienamente impadronite di me, dopo di aver già lavorato cioè forse per un'ora e mezzo, fummo di nuovo interrotti dai violenti latrati del cane. L'inquietudine dell'animale, la prima volta, non era evidentemente che il risultato di un capriccio o di voglia di ruzzare; ma questa volta aveva un tono grave e risentito. Essendosi Jupiter provato nuovamente a chiudergli la bocca, esso gli oppose una resistenza furiosa, e saltando dentro alla fossa, prese a grattar freneticamente la terra con le unghie. In pochi secondi aveva scoperto un mucchio d'ossa umane che formavano due scheletri completi, in mezzo ai quali si trovarono diversi bottoni di metallo e qualche cosa che ci parve essere polvere di vecchia lana putrefatta. Uno o due colpi di vanga fecero saltar fuori la lama di un grosso coltello spagnolo; e scavato piú a fondo tre o quattro monete d'oro e d'argento vennero alla luce.

La gioia di Jupiter, a quella vista, poteva appena essere contenuta; ma la fisionomia del suo padrone prese l'espressione di estremo disinganno. Ci pregò tuttavia di continuare i nostri sforzi, e non aveva finito di parlare che io traballai e caddi bocconi; la punta del mio piede era stata presa in un grosso anello di ferro che giaceva sepolto a metà nella terra smossa.

Allora sí che lavorammo sul serio; non ho mai passato in vita mia dieci minuti di cosí viva esaltazione. In questo spazio di tempo, mettemmo allo scoperto una cassa di legno, di forma oblunga che, a giudicar dalla sua perfetta conservazione e dalla sua meravigliosa durezza, aveva dovuto evidentemente subire qualche processo di mineralizzazione, forse quella del bicloruro di mercurio.

Questa cassa era lunga tre piedi e mezzo, larga tre e profonda due e mezzo. Era solidamente fasciata di lamine in ferro battuto che le s'intrecciavano tutto intorno. Su ogni lato, vicino al coperchio si vedevano tre anelli di ferro – sei in tutto – per mezzo dei quali si poteva far buona presa in sei portatori. Riunendo le nostre forze non riuscimmo che a smuoverla lievemente fuori del suo letto. Ci avvedemmo subito dell'impossibilità di trasportare un tal peso. Per fortuna la chiusura del coperchio consisteva solo di due catenacci. Li facemmo scorrere, tremanti e frementi d'ansietà. Un momento dopo un tesoro di un valore incalcolabile giaceva luccicante ai nostri piedi. Ai raggi della lanterna, sprizzarono i riflessi, i luccichii di un ammasso confuso d'oro e di gioielli che abbagliava la vista.

Non pretendo di descrivere il sentimento col quale osservavo il tesoro. Lo stupore, naturalmente, predominava. Legrand pareva esausto dal suo stesso eccitamento e non disse due parole. Il viso di Jupiter per qualche minuto fu di un pallore mortale, per quanto possa nella natura delle cose diventar pallida la faccia di un negro. Era stupefatto, fulminato. Poi cadde in ginocchio nella fossa e immergendo sino al gomito le braccia nude nell'oro ve le tenne a lungo come godendo la voluttà di un bagno. Finalmente, con un profondo sospiro, esclamò come in soliloquio:

– E tutto questo viene dallo scarabeo d'oro! Caro scarabeo d'oro! Povero scarabeo d'oro che ho tanto calunniato! Non ti vergogni, brutto negro?... Cosa mi puoi rispondere?...

Si rese tuttavia necessario alla fine che io richiamassi padrone e servitore all'urgenza di portar via il tesoro. Si faceva tardi e occorreva tutta la nostra attività se volevamo mettere ogni cosa al sicuro prima dello spuntar del giorno. Non sapevamo che partito prendere, le nostre idee erano cosí confuse che perdemmo un gran tempo a deliberare. Finalmente alleggerimmo la cassa togliendone due terzi del contenuto, e cosí potemmo, ma non senza fatica, trarla fuori della fossa. Gli oggetti che ne avevamo cavati furono deposti fra i cespugli e lasciati alla guardia del cane, a cui Jupiter ingiunse di non muoversi sotto nessun pretesto e di non aprir bocca fino al nostro ritorno. Poi ci mettemmo precipitosamente in cammino con la cassa e alla una del mattino raggiungemmo sani e salvi, epperò stanchi morti, la capanna. In quelle condizioni non era umanamente possibile di rimettersi subito all'opera. Ci riposammo fino alle due e cenammo per riprendere quindi la via delle colline, muniti di tre grossi sacchi, che, fortunatamente, si trovavano in casa. Poco prima delle quattro arrivammo alla fossa, dividemmo il rimanente del bottino in parti eguali fra noi e, lasciando le buche aperte, ritornammo alla capanna, dove, per la seconda volta depositammo il nostro prezioso fardello mentre il primo pallido chiarore dell'alba spuntava sopra le cime degli alberi a oriente.

Eravamo sfiniti; ma il nostro profondo eccitamento non ci permise di riposare. Dopo un inquieto assopimento di tre o quattr'ore, ci alzammo tutti e tre in un punto come se ci fossimo messi d'accordo per procedere all'esame del nostro tesoro.

Il baule era pieno fino all'orlo: e impiegammo tutta la giornata e la massima parte della nottata seguente a far l'inventario di ciò che conteneva. Non c'era nessun ordine tutto era stato ammucchiato là dentro alla rinfusa. Quando ebbimo classificato accuratamente ogni cosa, ci trovammo in possesso di una fortuna che sorpassava le nostre previsioni. Vi erano quattrocentomila dollari in monete delle quali stimammo il valore il piú approssimativamente possibile con le tavole del tempo. Non si trovò un grammo di argento. Era tutto oro antico e di una grande varietà: denaro francese, spagnolo e tedesco, qualche ghinea inglese e qualche gettone di cui non avevamo mai veduto esempio. Vi erano alcune monete grandissime e pesantissime, cosí logorate che fu impossibile decifrarne le iscrizioni. Non v'era nessuna moneta americana. Trovammo piú difficile stimare i gioielli. I diamanti – alcuni dei quali grossissimi e di una rara bellezza – erano centodieci, e non uno piccolo; diciotto i rubini di notevole lucentezza, trecentodieci gli smeraldi, tutti assai belli, ventuno zaffiri e un opale. Le pietre erano state tutte divelte dalle loro legature e gettate alla rinfusa nel baule. Le legature che scegliemmo tra l'oro al quale erano mescolate, parevano essere state pestate a colpi di martello, come per impedirne il riconoscimento. Oltre a tutto questo v'era una gran quantità d'ornamenti in oro massiccio: quasi duecento anelli e orecchini; e belle catene – trenta, se ben mi rammento –; ottantatré crocifissi molto grandi e pesanti; cinque incensieri d'oro d'un gran valore; una gigantesca cogoma da punch, d'oro, adorna di foglie di vite e di baccanti finemente cesellate; due else di spada squisitamente lavorate e una quantità d'altri oggetti piú piccoli che ora non mi vengono in mente. Il peso degli oggetti superava trecentocinquanta libbre; e in questa stima ho omesso centonovantasette orologi d'oro, tre dei quali valevano certo cinquecento dollari l'uno. Parecchi erano molto vecchi e di nessun valore, come orologi, avendo i meccanismi sofferto per l'azione corrosiva della terra; tutti però erano riccamente adorni di pietre e le casse erano di gran pregio. Quella notte valutammo il tutto a un milione e mezzo di dollari; e quando piú tardi vendemmo i gioielli e le gemme (ritenendone alcuni per nostro uso personale) trovammo di esserci tenuti molto al disotto del vero.

Terminato il nostro inventario e rimessici alquanto dalla intensa eccitazione, in cui versavamo, Legrand, accorgendosi che morivo dalla voglia di conoscere la spiegazione di quel prodigioso enimma, mi fece un dettagliato racconto di tutte le circostanze che vi si riferivano.

– Vi ricordate – mi disse – la sera in cui vi mostrai lo schizzo che avevo fatto dello scarabeo? Ricorderete pure che rimasi piuttosto seccato per la vostra insistenza nel sostenere che il mio disegno somigliava a una testa di morto. La prima volta che faceste quell'asserzione, credevo che scherzaste, ma poi ricordai le strane macchie sul dorso dell'insetto e riconobbi fra me e me che la vostra osservazione aveva un certo fondamento di verità. Pure il vostro sarcasmo a riguardo della mia capacità di disegnare mi aveva irritato, perché io sono considerato un discreto artista: perciò quando mi restituiste il pezzo di pergamena feci per spiegazzarlo e buttarlo nel fuoco, arrabbiato.

– Parlate del pezzo di carta? – interruppi.

– Non si trattava di carta; ne aveva tutta l'apparenza e io stesso dapprima supponevo che lo fosse, ma quando mi provai a disegnarci mi accorsi che era un foglio sottilissimo di pergamena. Era molto sudicio, ve ne ricorderete. Dunque, proprio mentre stavo per spiegazzarlo, incontrai con gli occhi il disegno che avevate guardato. Immaginate il mio stupore, quando vidi infatti l'immagine di un teschio là dove avevo creduto di disegnare uno scarabeo. Per un momento rimasi troppo stordito per poter pensare con chiarezza. Sapevo che il mio disegno differiva da quello in tutti i particolari, sebbene vi fosse una certa analogia nel contorno generale. Presi allora una candela, e sedendomi all'altra estremità della stanza mi misi a esaminare piú attentamente la pergamena. Voltandola, trovai il mio schizzo sul rovescio, precisamente come lo avevo fatto. La mia prima impressione fu semplicemente di sorpresa per quella veramente singolare analogia del contorno, e per la bizzarra coincidenza che, proprio sotto al mio disegno dello scarabeo, esistesse sull'altra facciata della pergamena quell'immagine di teschio, e che tale immagine rassomigliasse tanto al mio disegno, non solo nel contorno ma anche nella grandezza. La singolarità di questa coincidenza mi tenne come istupidito per qualche istante. Tale è, di solito, l'effetto che producono questi casi. La mente si sforza di stabilire un rapporto, un seguito di causa ed effetto, e non essendone capace, subisce una specie di paralisi temporanea. Ma quando mi ripresi da codesto stupore, si formò in me, a grado a grado, una convinzione che mi colpí ben altrimenti della coincidenza. Cominciai a ricordarmi distintamente, con certezza, che sulla pergamena non vi era stato alcun disegno, quando avevo fatto il mio schizzo dello scarabeo. Ne acquistai la sicurezza assoluta, ricordandomi di averlo voltato e rivoltato per cercare il posto piú pulito. Se il teschio fosse stato visibile, non avrei potuto fare a meno di notarlo. Ecco veramente un mistero che mi sentivo incapace di spiegare; ma anche in quel primo momento, parve che balenasse nei piú profondi e segreti angoli del mio intelletto il lieve bagliore come di lucciola della concezione embrionale di quella verità, di cui la nostra avventura della scorsa notte ci ha condotto alla magnifica dimostrazione. Mi levai subito e, riposta la pergamena in un posto sicuro, rimandai ogni ulteriore riflessione a quando fossi rimasto solo.

«Appena voi ve ne foste andato e Jupiter si fu addormentato bene, mi misi ad esaminare la cosa con metodo. Prima di tutto considerai il modo col quale la pergamena era capitata fra le mie mani. Il punto dove avevamo scoperto lo scarabeo si trovava sulla costa di terraferma e a un miglio circa a occidente dell'isola, ma poco piú sopra del livello dell'alta marea. Quando lo acchiappai, l'insetto mi morsicò crudelmente e io lo lasciai cadere. Jupiter con la sua cautela abituale, prima di prenderlo, essendo quello volato verso di lui, cercò intorno a sé una foglia o qualche cosa del genere da adoperare per impadronirsene. Fu in quel momento che i suoi occhi e anche i miei caddero sul pezzetto di pergamena, che presi allora per carta. Era mezzo sepolto nella sabbia, con un angolo fuori. Presso al luogo in cui lo trovammo, osservai i resti dello scafo di quel che sembrava la barca di salvataggio di una nave. Quei rottami di naufragio dovevano esser lí da gran tempo, perché a mala pena vi si poteva riconoscere la somiglianza con l'armatura di una barca.

«Jupiter dunque raccolse la pergamena, ci rinvoltò l'insetto e me la consegnò. Poco dopo prendemmo il cammino del ritorno e incontrammo il tenente G... Io gli mostrai l'insetto, e lui mi pregò di lasciarglielo portare al forte. Acconsentito che ebbi, egli se lo cacciò nel taschino del panciotto senza la pergamena nella quale era stato involtato e che io avevo continuato a tenere in mano nel mentre l'ufficiale esaminava lo scarabeo. Forse egli ebbe paura ch'io mutassi parere e giudicò prudente assicurarsi anzitutto della sua preda; voi conoscete il suo entusiasmo per tutti i soggetti che si riferiscono alla storia naturale. In quel momento, senza pensarci, devo essermi cacciato in tasca la pergamena.

«Vi ricordate che quando mi misi al tavolino per fare uno schizzo dello scarabeo non trovai carta. Guardai nel cassetto, non ce n'era neppure lí. Mi frugai nelle tasche, sperando di cavarne una vecchia lettera, e mi trovai la pergamena fra le dita. Vi narro minuziosamente il modo preciso nel quale la pergamena è caduta in mio possesso, perché le circostanze mi hanno singolarmente impressionato.

«Senza dubbio mi terrete per un sognatore, ma avevo già stabilito una specie di connessione. Avevo unito due anelli di una lunga catena. Una barca arenata sulla costa, e non lontano una pergamena, non già una carta, con l'immagine di un teschio. Naturalmente voi domanderete: "dove sta il rapporto?" E io risponderò che il teschio è l'emblema ben noto dei pirati. In tutti i loro combattimenti inalberano sempre la bandiera col teschio.

«Ho detto che si trattava di un pezzo di pergamena e non di carta. La pergamena è durevole, quasi indistruttibile. È raro che si affidino alla pergamena cose di poca importanza, poiché risponde assai meno bene della carta agli scopi piú consueti della scrittura e del disegno. Questa riflessione investiva di un senso singolare – non privo di un certo rilievo – quel teschio. Né mancai di osservare la forma della pergamena. Sebbene uno degli angoli fosse stato distrutto da qualche accidente, si poteva ancora vedere che la forma originale era bislunga. Era proprio una di quelle strisce che possono venire scelte per una memoria, per annotare qualche cosa da essere conservato a lungo e con cura.»

– Ma – interruppi io – voi dite che il teschio sulla pergamena non c'era quando disegnaste lo scarabeo. Come potevate dunque stabilire un rapporto fra la barca e il teschio, poiché questo, lo ammettete voi stesso, deve essere stato disegnato (Dio sa come e da chi) in un periodo di tempo susseguente al vostro disegno?

– Ecco, è proprio su questo punto che s'impernia tutto il mistero; quantunque abbia avuto una difficoltà relativa a risolverlo. I miei passi erano sicuri e non potevano condurmi che a un solo resultato. Ragionai press'a poco cosí: quando disegnai lo scarabeo, sopra alla pergamena non vi era traccia di teschio. Passato a voi il disegno stetti ad osservarvi senza perdervi un momento di vista fino a che non me lo rendeste. Non potevate dunque essere stato voi a disegnare il teschio, e nessun altro era presente. Non era opera di mano umana. Eppure era stato fatto.

«Giunto a questo punto delle mie riflessioni, sforzai la memoria e mi ricordai ben distintamente ogni piú piccolo incidente avvenuto in quell'intervallo. La stagione – oh, raro e fortunato caso – era fredda, e la fiamma divampava nel caminetto. Io ero riscaldato dal moto e mi misi a sedere vicino alla tavola. Voi invece avevate portato la vostra sedia vicino al camino. Proprio nel momento in cui io misi la pergamena nelle vostre mani e voi eravate sul punto di esaminarla, Wolf, il mio cane di Terranova, entrò nella stanza e vi saltò alle spalle. Mentre lo accarezzavate con la mano sinistra e cercavate di scostarlo, lasciaste andare con noncuranza la mano destra, con la pergamena, fra le ginocchia, vicinissima al fuoco. Un momento credetti che l'avesse presa la fiamma e fui sul punto di dirvi di stare attento; ma prima che potessi parlare, l'avevate ritirata e vi eravate messo a esaminarla. Considerate tutte queste circostanze, non dubitai piú per un solo istante che fosse stato il calore a causare l'apparizione del teschio sulla pergamena. Sapete bene che esistono e sono sempre esistite preparazioni chimiche per mezzo delle quali si può scrivere sulla carta o sulla pergamena in modo che i caratteri non risultino visibili se non quando vengono sottoposti all'azione del fuoco. Spesso si adopera il turchino di smalto disciolto in acquaragia e diluito in quattro volte il suo peso d'acqua pura: ne risulta una tinta verde. Il regolo di cobalto, sciolto nello spirito di nitro, dà un rosso. Questi colori spariscono non appena, dopo un intervallo di tempo piú o meno lungo, la sostanza sulla quale si è con essi scritto si raffredda, ma ricompariscono riesponendo la carta al calore.

«Esaminai allora con cura il teschio. Il contorno esterno – e cioè quello piú prossimo all'orlo della pergamena – era molto piú distinto dell'altro. Appariva chiaramente che l'azione del calore era stata imperfetta o ineguale. Accesi immediatamente il fuoco e sottoposi ogni parte della pergamena a un calore ardente. Sulle prime il solo risultato fu di rinforzare le tenui linee del teschio; ma perseverando nell'esperimento, sull'angolo della striscia diagonalmente opposta al punto nel quale era tracciato il teschio, divenne visibile una figura che alla prima supposi essere quella di una capra. Ma un piú attento esame mi convinse che si era voluto fare un capretto.»

– Ah! Ah! – dissi io – non ho certo il diritto di beffarmi di voi; un milione e mezzo di denaro è cosa troppo seria; ma certo non siete sul punto di aggiungere un terzo anello alla vostra catena; non troverete certo il rapporto tra i vostri pirati e una capra; i pirati, sapete bene, non hanno nulla a che vedere con le capre, che son cose di interesse agricolo.

– Ma vi ho detto che l'immagine non era quella d'una capra.

– Un capretto, allora; su per giú...

– Su per giú, ma non è la stessa cosa – disse Legrand. – Può darsi che abbiate udito parlare di un certo capitano Kidd . Io considerai subito la figura di questo animale come una specie di firma geroglifica, giocando sulle parole. Dico firma, perché il posto che occupava sulla pergamena suggeriva naturalmente questa idea. E il teschio, sull'angolo diagonalmente opposto, aveva nello stesso modo l'aria di uno stampo, un sigillo. Ma fui crudelmente deluso dall'assenza del resto, del corpo medesimo di quello che immaginavo fosse un documento.

– Suppongo che speravate di trovare una lettera fra lo stampo e la firma?

– Qualcosa del genere. Il fatto è che mi sentivo irresistibilmente invaso dal presentimento di una immensa fortuna. Il perché non lo saprei dire. Era forse, in fin dei conti, un desiderio piuttosto che una vera e propria credenza; ma lo credereste che le assurde parole di Jupiter, che lo scarabeo era d'oro massiccio, avevano avuto una grande influenza sulla mia immaginazione? E poi la serie di incidenti e coincidenze era veramente straordinaria. Avete osservato per quale fortuito caso tutti questi avvenimenti dovevano essere accaduti il solo giorno dell'annata che abbia fatto abbastanza freddo da accendere il fuoco, e che senza il fuoco e l'intervento del cane al momento preciso in cui avevate la pergamena in mano, non avrei mai preso conoscenza del teschio e cosí non avrei mai posseduto questo tesoro?

– Ma andate avanti... sono tutto impazienza.

– Bene; voi saprete, immagino, tutte le storie, i mille vaghi rumori diffusi sui tesori sotterrati da Kidd e i suoi compagni sulle coste dell'Atlantico? Quelle dicerie dovevano avere qualche fondamento nei fatti. Che siano durate con tanta persistenza da tanto tempo, secondo me, doveva derivare dalla circostanza che il tesoro si trovava ancora sotterrato. Se Kidd avesse celato il suo bottino per un certo tempo e poi lo avesse ripreso, quei rumori non sarebbero arrivati sino a noi nella forma invariabile che hanno oggidí. Osservate che le storie sono sempre di cercatori e mai di ritrovatori di tesori. Se il pirata avesse ricuperato il suo denaro, non se ne sarebbe parlato piú. A me parve che una evenienza qualsiasi – la perdita dell'appunto che indicava la località, per esempio – lo dovesse aver privato della possibilità di ricuperarlo e che questo fatto fosse venuto a conoscenza dei suoi compagni, i quali altrimenti non avrebbero mai saputo che il tesoro era stato nascosto, e con le loro infruttuose ricerche avevano dato origine a quelle storie che sono poi diventate cosí comuni. Avete mai udito parlare di un importante tesoro che sia stato dissotterrato sulla costa?

– Mai.

– Ma che Kidd aveva accumulato immense ricchezze è notorio. Io ero sicuro che la terra doveva ancora tenerle nel suo grembo; e non vi stupirete se vi dico che cominciai a provare una speranza la quale si andava a poco a poco mutando in certezza che la pergamena, cosí singolarmente capitata nelle mie mani, contenesse l'indicazione perduta del posto dove il tesoro era stato depositato.

– Ma come avete proceduto?

– Esposi di nuovo la pergamena alla fiamma, dopo averla ravvivata; ma nulla comparve. Allora credetti possibile che lo strato di sudicio che vi era depositato fosse la causa dell'insuccesso; perciò pulii accuratamente la pergamena versandovi sopra acqua calda e, fatto questo, la misi dentro a una casseruola di ferro, col cranio volto all'ingiú; quindi adagiai la casseruola sopra un braciere ardente. Dopo pochi minuti, il recipiente essendosi riscaldato bene, ne trassi la striscia di cartapecora e, con gioia inesprimibile, mi accorsi che in parecchi punti era macchiata da segni che parevano cifre messe in fila. La rimisi nella casseruola e ve la lasciai ancora un minuto: quando la levai era come la vedete ora.

A questo punto Legrand, avendo ancora una volta riscaldata la pergamena, la sottopose al mio esame. I caratteri seguenti, segnati grossolanamente in rosso, erano tracciati fra il teschio ed il capretto:

53‡‡†305))6*;4826)4‡.4‡);806*;48†8¶60))85;1‡(;:‡
8†83(88)5†;46(;88*96*?;8)*‡(;485);5*†2:*‡   (;4956*2(5*–4)8¶8*;4069285);)6†8)4‡‡;1(‡
9;48081;8:8‡1;48†85;4)485†528806*81(‡9;48;(88;4(‡?34;48)4‡;161;:188;‡?;

– Ma – feci, restituendogli la striscia – io sono nel buio piú di prima. Se tutti i tesori di Golconda mi aspettassero alla soluzione di questo enigma, non sarei capace di guadagnarli.

– Eppure – rispose Legrand – la soluzione non è poi tanto difficile come può sembrare al primo esame affrettato. Questi caratteri, come ognuno potrebbe facilmente indovinare, formano una cifra, il che significa che hanno un senso nascosto: ma da quel tanto che si conosce di Kidd, non lo potevo certo supporre capace di comporre un saggio di crittografia molto astrusa. Decisi dunque subito che anche questo dovesse essere di un genere semplice, tale però da sembrare assolutamente insolubile, all'intelligenza grossolana del marinaio che non ne avesse la chiave.

– E voi l'avete risolto davvero?

– Molto facilmente; ne ho risolti altri diecimila volte piú complicati di questo. Le circostanze e una certa inclinazione della mente mi hanno sempre spinto a interessarmi a questo genere d'enigmi, ed è veramente da porre in dubbio che l'intelligenza umana possa creare un enigma di questa specie che poi l'ingegno umano con l'applicazione necessaria non riesca a spiegare. Infatti, una volta riuscito a stabilire una serie di caratteri leggibili, detti poco peso alla mera difficoltà di svilupparne il significato.

«Nel caso presente, – come in ogni caso di scrittura segreta, – il primo quesito da sciogliere è la lingua della cifra; giacché i principi di soluzione, segnatamente in quanto si tratti delle cifre piú semplici, dipendono, e ne sono modificati, dal genio dell'idioma. In generale, non c'è altra strada che esperimentare successivamente (dirigendosi secondo le probabilità) tutte le lingue che si conoscono, fino a tanto che si sia trovata la buona. Ma nella cifra che abbiamo davanti a noi, ogni difficoltà in proposito era risolta dalla firma. Il gioco di parole sulla parola Kidd non si può fare che in inglese. Senza questa circostanza avrei incominciato i miei tentativi dallo spagnolo e dal francese, come le lingue nelle quali un pirata dei mari spagnoli avrebbe naturalmente scritto un segreto di tal natura. Ma, date le circostanze, era da presumere che il crittogramma fosse in inglese.

«Osservate come fra le varie parole non esiste divisione: se vi fossero state divisioni la soluzione sarebbe stata relativamente facile. In simile caso avrei cominciato con un confronto e un'analisi delle parole piú brevi e se avessi trovato, come è piú probabile, una parola d'una sola lettera ("a", per esempio, o "I") avrei ritenuto la soluzione assicurata. Ma non essendoci divisioni, il mio primo passo era di rilevare quali fossero le lettere predominanti, come anche quali fossero quelle che capitavano piú raramente. Le contai tutte e potei stabilire la tavola seguente:

Il carattere	8	si trova	33	volte
»	;	»	26	»
»	4	»	19	»
»	‡	»	16	»
»	)	»	16	»
»	*	»	13	»
»	5	»	12	»
»	6	»	11	»
»	†	»	8	»
»	1	»	8	»
»	0	»	6	»
»	9	»	5	»
»	2	»	5	»
»	:	»	4	»
»	3	»	4	»
»	?	»	3	»
»	¶	»	2	»
»	–	»	1	»
»	•	»	1	»

«Ora la lettera che in inglese ricorre piú spesso è la "e". Le altre si succedono in quest'ordirne: a, o, i, d, h, n, r, s, t, u, y, c, f, 1, m, w, b, k, p, q, x, z. La "e" predomina cosí notevolmente che è raro trovare una sola frase di una certa lunghezza, nella quale essa non sia la lettera piú frequente.

«Noi abbiamo dunque, fin dal principio, una base d'operazione che è qualche cosa di piú d'una mera congettura. L'uso generale che può farsi di questa tavola è ovvio, ma per ciò che riguarda questa cifra particolare, noi non ce ne serviremo che parzialmente. Poiché il nostro carattere dominante è l'8, cominceremo a prenderlo per l'e dell'alfabeto naturale. Per verificare questa supposizione vediamo prima di tutto se il numero 8 si trova spesso raddoppiato, poiché l'e inglese si raddoppia molto di frequente, come, per esempio, nelle parole "meet, speed, seen, been, agree", ecc. Nel caso nostro, a dispetto della brevità del crittogramma, lo troviamo raddoppiato non meno di cinque volte.

«Prendiamo dunque l'8 per l'e. Ora di tutte le parole della nostra lingua, la parola "the" è la piú comune: cerchiamo perciò se non ci siano ripetizioni di tre caratteri posti nello stesso ordine dei quali l'8 sia l'ultimo. Se ne troveremo, è probabile che rappresentino la parola "the". Infatti ne troviamo non meno di sette: i caratteri sono ;48. Possiamo quindi arguire che il punto e virgola rappresenta la t, che il 4 rappresenta l'h, e l'8 l'e; il significato di quest'ultimo segno venendone confermato. Cosí abbiamo fatto un gran passo avanti.

«Ma, avendo spiegato una sola parola, siamo in grado di stabilire un punto molto piú importante; e cioè il principio e la fine di altre parole.

«Prendiamo, per esempio, il penultimo caso in cui si presenta la combinazione:

;48

quasi alla fine del crittogramma. Sappiamo che il segno ";" che viene immediatamente dopo la formula ;48 è il principio d'una parola, e dei sei caratteri che seguono il "the", ne conosciamo già non meno di cinque. Mettiamo quindi al posto dei caratteri le lettere che sappiamo che rappresentano, lasciando vuoto lo spazio per quella che ancora non conosciamo:

t eeth

«Qui siamo subito in grado di scartare il "th" che non può esser parte della parola che comincia col primo "t", poiché, sostituendo alla lettera mancante tutte le lettere dell'alfabeto, troviamo che nessuna parola può esser formata in modo da terminare con th. I caratteri si riducono quindi a

t ee

e riprendendo da capo, se occorra, tutto l'alfabeto, arriviamo alla parola "tree", albero, come la sola versione possibile. Abbiamo cosí guadagnato una nuova lettera "r" rappresentata dal segno "(" e abbiamo anche due parole unite: "the tree": l'albero.

«Andando avanti, a poca distanza, ritroviamo la combinazione ;48 e ce ne serviamo come di termine per la parola che precede immediatamente: abbiamo quindi la formula seguente:

the tree ;4(‡ ? 34 the,

o, sostituendo, dove si può, le lettere naturali, abbiamo

the tree thr ‡ ? 3h the.

«Ora, se al posto dei caratteri che ci sono ancora ignoti mettiamo spazio e puntini, avremo:

the tree thr ... h the

dove la parola "through" (attraverso) balza subito fuori. Ma questa scoperta ci dà altre lettere "o", "u", e "g" rispettivamente rappresentate dai caratteri:

‡, ? e 3.

«Ora, se cerchiamo con molta attenzione nel crittogramma le varie combinazioni di caratteri conosciuti troviamo non lontano dal principio, questa combinazione:

83(88 ossia "egree"

che, senza alcun dubbio, è la desinenza della parola "degree", (grado), che ci offre ancora una nuova lettera "d" rappresentata dal segno †.

«Quattro lettere dopo la parola "degree", troviamo la combinazione:

;46(;88*

dalla quale, traducendo le lettere che conosciamo e rappresentando con un punto la sconosciuta, come prima, si ha

th.rtee.

composizione che ci suggerisce subito la parola "thirteen", (tredici) e ci fornisce due nuove lettere "i" e "n" rappresentate dalle figure 6 e *.

«Risalendo ora al principio del crittogramma, troviamo la combinazione:

53‡‡†

«Traducendola, come sopra, abbiamo:

good,

ciò che ci prova che la prima lettera dev'essere "a" e che per conseguenza le due prime parole sono

"A good", (un buono).

«Ora, per evitar confusioni, è tempo di disporre in forma di tavola la chiave che abbiam trovato finora. Si presenterà cosí:

5	rappresenta	a
†	»	d
8	»	e
3	»	g
4	»	h
6	»	i
*	»	n

‡	»	o
(	»	r
;	»	t
?	»	u

«Abbiamo cosí non meno di dieci lettere delle piú importanti, e mi sembra inutile di seguitare coi particolari della soluzione. Ho detto abbastanza per convincervi che caratteri cifrati di questa specie sono facilmente solvibili e per darvi un'idea dell'analisi ragionata del loro sviluppo. Ma siate pur sicuro che il saggio che abbiamo ora sotto gli occhi, appartiene alla categoria delle crittografie piú semplici. Ora non mi resta che darvi la traduzione completa dei caratteri della cartapecora, come vennero decifrati. Eccola:

«"A good glass in the bishop's hostel in the devil's seat fortyone degrees and thirteen minutes northeast and by north main branch seventh limb east side shoot from the left eye of the death'shead a beeline from the tree through the shot fifty feet out."

«"Un buon vetro nell'albergo del vescovo nella seggiola del diavolo 41 gradi e 13 minuti nordest quarto di nord fusto principale settimo ramo lato est, lascia cadere dall'occhio mancino del teschio una linea retta dall'albero attraverso la palla cinquanta piedi al largo."»

– Ma – dissi io – l'enigma mi pare peggio di prima. Come è possibile ricavare un significato da questo miscuglio di «seggiola del diavolo», «teschio», «albergo del vescovo»?...

– Convengo – rispose Legrand – che la faccenda, a prima vista, sembri ancora abbastanza seria. La mia prima prova fu di dividere il periodo nelle divisioni naturali intese dal crittografista.

– Volete dire, di punteggiarlo?

– Qualche cosa del genere.

– Ma come diamine era possibile farlo?

– Riflettei che colui che aveva scritto, s'era fatto un dovere di raggruppare le parole senza divisione fra loro, cosí da rendere piú difficile la soluzione dello scritto. Ora, qualcuno che non sia eccessivamente astuto, in un tentativo di questo genere sarà sempre proclive a sorpassar la misura. Quando, nel corso della sua composizione, arrivi a una interruzione del senso che naturalmente richiederebbe una pausa o un punto, sarebbe talmente spinto ad avvicinare i caratteri piú del consueto. Osservate il manoscritto e scoprirete con facilità cinque casi di questo insolito avvicinamento di caratteri. Seguendo questo indizio arrivai a stabilire le divisioni seguenti:

«Un buon vetro nell'albergo del vescovo nella seggiola del diavolo – 41 gradi e 13 minuti – nordest quarto di nord – fusto principale settimo ramo lato est – lascia cadere dall'occhio mancino del teschio – una linea retta dall'albero attraverso la palla cinquanta piedi al largo.»

– Malgrado la vostra divisione – dissi io – rimango sempre nel buio.

– Anch'io – rispose Legrand – vi rimasi per qualche giorno. E in questo tempo, feci diligenti ricerche nelle vicinanze dell'isola di Sullivan di una casa che portasse il nome di Albergo del vescovo; intendendo la vecchia voce «hostel» per «hotel». Non avendo ottenuto a questo riguardo nessuna informazione, ero sul punto di allargare la sfera delle mie ricerche e di procedere in maniera piú sistematica, quando una mattina mi saltò in mente che le parole

bishop' hostel

potevano benissimo aver rapporto con un'antichissima famiglia a nome Bessop che da tempo immemorabile è in possesso di un'antica casa da signore a quattro miglia circa a nord dell'isola. Mi recai dunque alla piantagione, e ricominciai le mie ricerche fra i negri piú vecchi del posto. Finalmente una donna delle piú vecchie mi disse d'avere inteso parlare di un posto detto «Bessop's castle», Castello di Bessop, e che credeva bene di potermici condurre: ma che non era né un castello, né un albergo, ma un'alta roccia.

«Le offrii di pagarla bene per il suo disturbo e, dopo qualche esitazione, acconsentí ad accompagnarmi fino al luogo preciso. Trovato il quale senza grandi difficoltà, accomiatai la donna, e presi a esaminare il luogo. Il castello consisteva in un cumulo irregolare di picchi e di rupi, una delle quali era assai notevole tanto per l'altezza quanto per il suo aspetto isolato e come artificiale. Mi arrampicai sulla cima, ma una volta lí, non sapevo proprio piú quel che mi rimanesse da fare.

«Mentre ero assorto nelle riflessioni, i miei occhi caddero sopra una stretta sporgenza nella faccia orientale della rupe, circa un metro al di sotto della vetta sulla quale mi trovavo. Questa sporgenza si spingeva infuori per un 18 pollici e non aveva piú d'un piede di larghezza. Una nicchia scavata nel picco sopra di essa le dava una certa somiglianza con le seggiole a schienale concavo di cui si servivano i nostri avi. Non dubitai che quella fosse la "seggiola del diavolo" a cui alludeva il manoscritto, e mi parve d'essere oramai padrone di tutto il segreto dell'enigma.

«Sapevo che il "buon vetro" non poteva significare altro che un buon cannocchiale; i nostri marinai ben di rado adoperano la parola glass in altro senso. Capii quindi subito che bisognava servirsi d'un buon cannocchiale da un punto di vista ben definito che non ammetteva variante alcuna. Né ebbi la minima esitazione a credere che le frasi "41 gradi e 13 minuti" e "nordest quarto di nord" dovevano dare la direzione per puntare il cannocchiale. Eccitatissimo da queste scoperte, volai a casa, mi procurai un cannocchiale e ritornai alla roccia.

«Mi lasciai scivolare sulla sporgenza, e trovai che era impossibile starvi seduti se non in una data posizione. Il fatto confermò la mia congettura. Mi misi allora a servirmi del cannocchiale. Naturalmente i "41 gradi e 13 minuti" non potevano riferirsi che alla elevazione sull'orizzonte visibile, poiché la direzione orizzontale era chiaramente indicata dalle parole "nordest quarto di nord". Stabilii questa direzione per mezzo di una bussola tascabile; poi, appuntando il piú esattamente possibile il cannocchiale ad un angolo di 41 gradi d'elevazione, lo feci muovere con cautela dall'alto in basso e dal basso in alto, fino a che la mia attenzione non si fermò su un'apertura, un vuoto circolare nel fogliame di un grand'albero che dominava tutti i suoi vicini nella distanza. Al centro del vuoto scorsi un punto bianco, ma sulle prime non potevo distinguere che cosa fosse. Mettendo a fuoco il cannocchiale, guardai di nuovo, e vidi allora che si trattava di un teschio umano.

«Dopo questa scoperta mi sentii cosí sicuro da credere sciolto l'enigma, poiché la frase: "fusto principale, settimo ramo, lato est", non poteva riferirsi che alla posizione del teschio sull'albero, mentre l'altra: "lascia cadere dall'occhio mancino del teschio", ammetteva anch'essa una sola interpretazione, nel caso della ricerca di un tesoro sepolto. Capii che si doveva lasciar cadere una palla dall'occhio mancino del teschio, e che una linea retta, partendo dal punto piú vicino al tronco e passando attraverso "la palla" (vale a dire attraverso il punto in cui la palla sarebbe caduta), avrebbe indicato un punto definito sotto al quale mi pareva almeno possibile che si trovasse nascosto un deposito di valore.»

– Tutto ciò – dissi – è chiarissimo, e per quanto ingegnoso tuttavia semplice ed esplicito. Allora, lasciato "l'albergo del vescovo"...?

– Dopo di aver preso nota accuratamente della posizione dell'albero, tornai verso casa. Però appena ebbi lasciato la "seggiola del diavolo", il vano circolare disparve, e da qualunque parte mi volgessi, mi fu impossibile ritrovarlo. Quel che mi sembra la cosa piú ingegnosa in tutta questa faccenda è il fatto (perché ripetendo l'esperimento mi convinsi che era un fatto) che l'apertura circolare in questione non è visibile da altro punto che dalla stretta sporgenza sul fianco della rupe.

«In quella spedizione all'"albergo del vescovo" ero stato accompagnato da Jupiter il quale, senza dubbio, da qualche settimana andava osservando la mia aria preoccupata e astratta, e metteva una cura particolare a non lasciarmi mai solo. Ma il giorno seguente alzandomi di buonissima ora riuscii a sfuggirgli e mi recai sulle colline in cerca dell'albero. Con molto sforzo lo ritrovai. La notte, quando tornai a casa, il mio domestico era sul punto di bastonarmi. Il resto dell'avventura lo conoscete bene come me.»

– Suppongo – dissi – che nel primo tentativo di scavo avete sbagliato il posto in seguito alla stupidità di Jupiter che lasciò cadere lo scarabeo dall'occhio destro anzi che dal sinistro.

– Precisamente. L'errore fece una differenza di due pollici circa rispetto alla palla (vale a dire rispetto alla posizione del piolo conficcato vicino all'albero); se il tesoro fosse stato nascosto nel punto segnato dalla palla, l'errore sarebbe stato di poco momento; ma la «palla» e il punto piú vicino dell'albero, erano soltanto due punti per stabilire la linea di direzione; naturalmente l'errore, per quanto trascurabile al principio, aumentava proporzionatamente alla lunghezza della linea; arrivati a cinquanta piedi di distanza ci aveva fatto perdere del tutto la traccia. Non fosse stato per l'idea fissa che mi possedeva, che vi doveva essere un tesoro nascosto da quelle parti, potremmo aver perso tutte le nostre fatiche.

– Ma la vostra enfasi, il vostro atteggiamento nel dondolare lo scarabeo! Che bizzarria! Io ero sicuro che foste pazzo. E perché avete insistito per far calare il vostro insetto dall'occhio del teschio, invece di una palla?

– Ecco, per essere franco, ero piuttosto seccato dei vostri sospetti sullo stato della mia mente, e cosí risolvetti di punirvene tranquillamente, a modo mio, con un pochino di fredda mistificazione. Ecco perché dondolavo lo scarabeo, ecco perché volli farlo cadere dall'alto dell'albero. La vostra osservazione sul suo peso me ne dette l'idea.

– Sí, vedo; e ora non c'è piú che un punto che mi dà da pensare. Che spiegazione dare agli scheletri trovati nella fossa?

– Ah! questa è una domanda alla quale non so rispondere meglio di voi. Comunque mi pare che ci sia solo un modo plausibile di spiegarla, ma la mia ipotesi implica un'atrocità difficile a credersi. È evidente che Kidd – se, come io non dubito, è stato Kidd a nascondere il tesoro – ha dovuto farsi aiutare nel suo lavoro. Finito il lavoro, può darsi che abbia giudicato conveniente far sparire quanti si trovavano a conoscenza del segreto. Forse bastarono un paio di buoni colpi di zappa: nel mentre gli aiutanti erano ancora occupati nella fossa; forse ne occorsero una dozzina; chi può dirlo?

LA VERITÀ SUL CASO DI MISTER VALDEMAR

Non presumo certo di essere meravigliato che il caso straordinario del signor Valdemar abbia suscitato discussioni. Sarebbe un miracolo se, date le circostanze, questo non fosse avvenuto.

Il desiderio di tutte le parti interessate a tener la cosa segreta, almeno per ora o in attesa di aver altre occasioni d'investigare, e i nostri sforzi per riuscirvi, hanno dato luogo a dicerie monche ed esagerate che, diffondendosi tra il pubblico, sono state causa di molte spiacevoli falsità e, naturalmente, di molto discredito.

Si rende ora necessario che io racconti i fatti, almeno come li capisco io. Eccoli, in succinto.

In questi ultimi tre anni, a varie riprese, mi sono sentito attirato dal soggetto del mesmerismo; e circa nove mesi fa a un tratto mi balenò l'idea che, nella serie degli esperimenti fatti sino a oggi, vi fosse una notevolissima e inesplicabile lacuna: finora nessuno era stato magnetizzato "in articulo mortis".

Rimaneva da vedere prima di tutto se, in tale condizione, esistesse nel paziente alcuna suscettibilità al fluido magnetico; in secondo luogo se, nel caso affermativo, questa fosse scemata o accresciuta dalla circostanza; in terzo luogo sino a che punto e per quanto tempo l'opera della morte potesse essere arrestata dall'operazione. Vi erano anche altri punti da essere accertati, ma questi tre eccitavano più degli altri la mia curiosità, e in modo speciale l'ultimo, dato il carattere importantissimo delle sue conseguenze.

Cercando intorno a me un soggetto sul quale poter provare questi punti, fui portato a gettare gli occhi sul mio amico mister Ernest Valdemar, il ben conosciuto compilatore della Bibliotheca forensica e autore (con lo pseudonimo di Issachar Marx) delle traduzioni polacche del Wallenstein e del Gargantua. Il signor Valdemar, che dall'anno 1839 risiede generalmente a Harlem (New York), si distingue (o si distingueva) per l'eccessiva magrezza della sua persona, tanto che le sue gambe ricordavano quelle di John Randolph; e anche per la bianchezza dei suoi favoriti che contrastavano violentemente con la sua capigliatura nera, la quale perciò da molti era presa per una parrucca. Il suo temperamento oltremodo nervoso lo rendeva un buon soggetto per le esperienze magnetiche. In due o tre occasioni lo avevo addormentato con poca difficoltà, ma ero rimasto deluso negli altri risultati che la sua costituzione mi aveva naturalmente fatto sperare. La sua volontà non era mai positivamente, né del tutto soggetta al mio influsso, ed in fatto di chiaroveggenza non riuscii mai a ottenere da lui niente su cui fare assegnamento. Avevo sempre dato la colpa di tali insuccessi alla sua salute infermiccia. Qualche mese prima che ne facessi la conoscenza, i medici lo avevano definitivamente dichiarato tisico. Egli era solito parlare della sua prossima fine con molta calma, come di una cosa che non potesse né evitarsi né dispiacere.

Quando, per la prima volta, mi vennero le idee alle quali ho alluso poc'anzi, era naturale che pensassi a Valdemar; conoscevo troppo bene la sua salda filosofia, per temere scrupoli da parte sua; né egli aveva parenti in America che potessero ragionevolmente intervenire. Gli esposi in modo franco la cosa, e, con mia meraviglia, egli sembrò interessarvisi vivamente. Dico con meraviglia, perché, sebbene egli avesse prestato liberamente la sua persona ai miei esperimenti, pure non aveva mai manifestato alcun segno d'interesse in quello che facevo.

La sua malattia era di quelle che ammettono un calcolo preciso del tempo del loro termine; fu infine stabilito fra noi che mi avrebbe mandato a chiamare ventiquattro ore prima del tempo fissato dai medici per la sua morte.

Ed ecco, un giorno, più di sette mesi fa, ricevetti, dal signor Valdemar medesimo, questo biglietto:

"Mio caro P.,

Potete venire anche subito. D. e F. sono d'accordo nel dire che non passerò la mezzanotte di domani,e io credo che abbiano calcolato molto vicino al vero.

Valdemar"

Ricevetti questo biglietto mezz'ora dopo che era stato scritto e non impiegai più di quindici minuti per trovarmi nella camera del moribondo.

Non l'avevo visto da dieci giorni, e fui spaventato dalla terribile alterazione che si era prodotta in lui in quel breve intervallo. Aveva il viso colore di piombo, gli occhi spenti, era dimagrito al punto che gli zigomi foravano la pelle. L'espettorazione era eccessiva, il polso appena sensibile. Ciò nondimeno serbava in modo straordinario le sue facoltà spirituali e una certa forza fisica. Parlava distintamente, prendeva senza bisogno di aiuto le sue medicine, e quando entrai nella stanza, era occupato a scrivere appunti su un libriccino. Stava seduto nel letto appoggiato ai guanciali. I dottori D. e F. gli prestavano le loro cure.

Dopo aver stretto la mano all'infermo, trassi quei signori in disparte ed ebbi notizie precise sulle condizioni. Il polmone sinistro era da diciotto mesi in uno stato semiosseo o cartilaginoso e perciò inetto a qualunque funzione vitale. Il destro nella parte superiore era ugualmente ossificato, seppure non del tutto, mentre la parte inferiore non era più che un ammasso di tubercoli purulenti. Esistevano varie profonde caverne, e in un punto si notava anche una permanente aderenza alle costole. Questi fenomeni del lobo destro erano relativamente di data recente. L'ossificazione aveva progredito con rapidità straordinaria, un mese prima non se ne era osservato nessun indizio; l'aderenza non era stata scoperta che negli ultimi tre giorni.

Indipendentemente dalla tisi si sospettava un'aneurisma all'aorta; ma i sintomi d'ossificazione rendevano impossibile la diagnosi precisa su questo punto. Era opinione dei due medici che Valdemar sarebbe morto il giorno dopo, domenica, verso la mezzanotte. Erano le sette di sera del sabato.

I dottori D. e F., lasciando il letto del morente per discorrere con me, gli avevano dato un ultimo addio. Non era loro intenzione tornare, ma, alla mia preghiera, acconsentirono di venire a vedere il paziente verso le dieci della notte.

Partiti che furono, parlai liberamente con Valdemar della sua morte vicina e specie dell'esperimento che ci proponevamo. Egli si dimostrava ancora disposto e anzi desideroso di sottoporsi a tale prova e mi sollecitò ad incominciar subito. Due infermieri, un uomo e una donna, erano presenti, ma io non mi sentivo tranquillo nell'accingermi a un'operazione di quel carattere, senza testimonianze più serie di quelle che potevano dare costoro in caso di un'improvvisa disgrazia.

Rimandai dunque l'operazione sino a quando, verso le otto di sera, l'arrivo d'uno studente di medicina, che conoscevo (il signor Teodoro L.), mi levò d'imbarazzo. Era mia intenzione sul principio di aspettare i medici, ma fui poi persuaso a incominciare, prima dalle insistenti preghiere di Valdemar, poi perché ero convinto non esservi un momento da perdere, giacché appariva evidente che egli se ne andava rapidamente.

Il signor L. ebbe la bontà di arrendersi al mio desiderio di prendere nota scritta di tutto quanto stava per succedere; ed è dal suo memorandum che condenso o, in massima parte, copio parola per parola quello che ho da raccontare.

Erano circa le otto meno cinque, quando, presa la mano del paziente, lo pregai di confermare al signor L., e il più distintamente possibile, come egli fosse perfettamente disposto a permettere che io cercassi di magnetizzarlo in quelle condizioni.

Ed egli debolmente, ma distintamente rispose:

«Sì, desidero d'essere magnetizzato;» aggiungendo subito dopo «ma temo che abbiate differito troppo».

Nel mentre parlava, incominciai i passi che avevo già riconosciuto più efficaci per soggiogarlo. Evidentemente subiva l'influenza del primo movimento della mia mano attraverso alla sua fronte; ma sebbene io spiegassi tutto il mio potere non si manifestò alcun altro effetto sensibile sino a qualche minuto dopo le dieci, quando, secondo il fissato, tornarono i medici D. e F. Io spiegai loro in poche parole il mio disegno, e poiché essi non facevano alcuna obbiezione, dicendo che il paziente era già in agonia, continuai senza esitazioni, cambiando tuttavia i gesti laterali in verticali, e concentrando il mio sguardo nell'occhio destro del paziente.

A questo punto, il suo polso era divenuto impercettibile, e la sua respirazione segnava intervalli di mezzo minuto.

Questo stato durò quasi senza cambiamenti un quarto d'ora. Allo spirare di questo tempo però, un sospiro naturale, benché molto profondo, sfuggì dal petto del morente e la respirazione sonora cessò; cessò cioè la sua sonorità; gli intervalli però non erano diminuiti. Le estremità del paziente erano gelate.

Alle undici meno cinque percepii sintomi non equivoci dell'influenza magnetica. Il vacillamento vitreo dell'occhio si era cambiato in quell'espressione penosa dello sguardo, di esame interiore, che non si vede se non nei casi di sonnambulismo, e che è impossibile non riconoscere. Con alcuni gesti laterali feci battere le palpebre, come quando ci prende il sonno, e insistendo le chiusi interamente. Ma non ero ancora soddisfatto e continuai i miei atti con vigore e con la più intensa concentrazione di volontà fino a quando non ebbi irrigidito del tutto le membra del dormente, dopo averlo collocato in una posizione apparentemente comoda: le gambe lunghe distese, e così anche le braccia che posavano sul letto a poca distanza dai fianchi. La testa era leggermente sollevata.

Quando ebbi terminato tutto questo, era mezzanotte; pregai allora i presenti di esaminare le condizioni del signor Valdemar.

Dopo alcune constatazioni essi dichiararono che era in uno stato di catalessi singolarmente perfetta; la curiosità di ambedue i medici era grande. Il dottor D. risolse di passare tutta la notte presso l'infermo, mentre il dottor F. nel salutarci promise di tornare all'alba; il signor L. e gli infermieri restarono.

Lasciammo Valdemar assolutamente indisturbato sino alle tre del mattino, quando lo avvicinai e lo trovai esattamente nello stesso stato di quando se ne era andato il dottor F., e cioè nella medesima posizione, il polso impercettibile, la respirazione calma (sensibile soltanto accostandogli uno specchio alle labbra), gli occhi chiusi naturalmente e le membra rigide e fredde come marmo. Però il suo aspetto generale non era certamente quello della morte.

Nell'avvicinarmi a Valdemar feci un debole sforzo per decidere il suo braccio a seguire il mio nei lenti movimenti che descrivevo in su e in giù sulla sua persona. Quando altre volte avevo tentato tali esperimenti con questo paziente, non mi erano mai riusciti perfettamente né speravo di riuscir meglio ora; ma, con mia grande meraviglia, il suo braccio, docilmente seppure debolmente, si mise a seguire le direzioni che gli assegnavo col mio. Mi decisi allora ad azzardare qualche parola di convenienza.

«Signor Valdemar,» dissi « dormite?»

Non rispose, ma scorsi un tremito sulle sue labbra e fui così indotto a ripetere la domanda, e poi ancora, e poi ancora. Alla terza volta tutto il suo corpo fu mosso da un lieve tremore, le palpebre si alzarono sino a mostrare una linea bianca dell'orbita, le labbra si mossero pigramente, ed emisero, in un sospiro appena intelligibile, le parole seguenti:

«Sì, ora dormo. Non mi svegliate! Lasciatemi morire così!»

Tastai le membra e le trovai sempre rigide come prima. Il braccio destro obbediva sempre alla direzione della mia mano. Interrogai nuovamente il sonnambulo:

«Sentite sempre dolore al petto, signor Valdemar?» La risposta, ora, fu immediata, ma anche più debole della prima.

«Nessun dolore, muoio.»

Non credetti conveniente disturbarlo altrimenti e nulla di nuovo fu detto o fatto sino all'arrivo del dottor F., che giunse un' po' prima dell'alba e manifestò grandissima meraviglia nel trovare il paziente ancora vivo. Dopo di avergli sentito il polso e applicato uno specchio alle labbra, mi pregò di parlargli ancora un'altra volta.

Ubbidii e gli domandai:

«Signor Valdemar, siete ancora addormentato?»

Come prima trascorsero alcuni minuti durante i quali il moribondo parve riunire tutte le sue forze per parlare. Alla quarta ripetizione della mia domanda, rispose molto debolmente, quasi inintelligibilmente: «Sì, sempre addormentato, muoio.»

Fu allora opinione o meglio desiderio dei medici che il signor Valdemar venisse lasciato indisturbato, in quello stato di tranquillità apparente, sino a che non sopraggiungesse la morte; era opinione generale che questa dovesse avvenire fra qualche minuto. Tuttavia risolvetti di parlargli ancora una volta e ripetei semplicemente la domanda di prima.

Nel mentre parlavo, un singolare cambiamento avvenne nella fisionomia del sonnambulo. Gli occhi si girarono lentamente aprendosi, le pupille sparirono in su, la pelle prese una tinta cadaverica, più simile alla carta bianca che alla pergamena; e le due macchie etiche, rotonde che fino allora si vedevano ben definite nel centro delle due guance, si spensero a un tratto. Adopero questa espressione perché la rapidità della loro scomparsa non suscitò altra idea che quella di una candela spenta da un soffio. Intanto il labbro superiore, che prima copriva completamente i denti, si ritorse scoprendoli; mentre la mascella inferiore cadeva con uno scatto e un rumore sensibile, lasciando la bocca tutta aperta e mostrando la lingua nera e gonfia. Coloro che assistevano, erano presumibilmente abituati agli orrori di un letto di morte, ma l'aspetto di mister Valdemar era talmente spaventoso che indietreggiammo tutti insieme dal letto.

Sento di essere giunto al punto del mio racconto, che indurrà il lettore a non credermi. Ad ogni modo il mio compito è di seguitare.

Mister Valdemar non dava più il minimo indizio di vita, e, concludendo che fosse morto, lo abbandonammo alle cure degli infermieri. Ma allora divenne sensibile una forte vibrazione della lingua che durò forse un minuto. Dalle mascelle tese e immobili uscì quindi una voce, che sarebbe follia tentar di descrivere. Vi sono tuttavia due o tre epiteti che potrebbero servire a designarla parzialmente; potrei dire per esempio che aveva un suono aspro, rotto, vuoto; ma l'orribile insieme non è descrivibile, per la semplice ragione che simili suoni non hanno mai offeso orecchie umane.

Vi erano però due particolari, che, credevo allora e credo anche ora, potrebbero essere dati come caratteristici dell'intonazione e che possono suggerire un'idea della sua stranezza ultraterrena. In primo luogo la voce sembrava giungere alle nostre orecchie – almeno alle mie – da una gran distanza, o da qualche profonda caverna sotterranea. In secondo luogo, essa mi dette la stessa impressione (temo proprio che mi sia impossibile farmi comprendere) che danno le materie glutinose o gelatinose al senso del tatto.

Ho parlato di suono e di voce. Voglio dire che il suono era d'una sillabazione distinta, anzi meravigliosamente distinta. Mister Valdemar parlava; evidentemente per rispondere alla domanda che gli avevo fatto qualche minuto prima. Gli avevo domandato, come si ricorderà, se dormiva sempre. Ora diceva:

«Sì, – no – ho dormito..., e ora... ora son morto.»

Nessuna delle persone presenti cercò menomamente di dissimulare e neanche di reprimere l'indicibile orrore che queste poche parole così pronunciate non mancarono di destare in ognuno. Mister L., lo studente, svenne. Gli infermieri lasciarono immediatamente la stanza, e fu impossibile indurli a ritornare. Quanto alle mie proprie impressioni, non pretendo di renderle intelligibili al lettore. Per circa un'ora ci occupammo in silenzio – senza pronunciare parola – a richiamare mister L. in vita, e quando questi fu ritornato in sé riprendemmo le nostre investigazioni sulle condizioni di mister Valdemar.

Egli era rimasto assolutamente come l'ho descritto poc'anzi, tranne che lo specchio non dava più traccia di respirazione. Un tentativo di salasso al braccio non riuscì. Devo anche menzionare che questo arto non era più soggetto alla mia volontà. Fu invano che mi sforzai di fargli seguire la direzione della mia mano. Il solo vero indizio dell'influenza magnetica si manifestava ora nella vibrazione della lingua, ogni volta che facevo una domanda. Pareva che egli si sforzasse di rispondere, ma che non avesse più abbastanza volontà per farlo. Alle domande avanzate da altre persone sembrava del tutto insensibile, sebbene io tentassi di mettere il richiedente in rapporto magnetico con lui.

Credo di aver ormai riferito tutto quanto è necessario per capire lo stato del sonnambulo in questo periodo. Furono procurati altri infermieri, e alle dieci uscii dalla casa in compagnia dei dottori e del signor L.

Nel pomeriggio tornammo tutti a vedere il paziente. Il suo stato era sempre il medesimo. Avemmo allora una discussione sull'opportunità e la possibilità di svegliarlo, ma ci si trovò presto d'accordo nel concludere che non si sarebbe ritratto vantaggio alcuno. Era chiaro che sinora la morte (o quel che si suole definire con la parola morte) era stata arrestata dalla operazione magnetica. Sembrava evidente che svegliare mister Valdemar sarebbe stato semplicemente un assicurare il suo estremo istante o almeno accelerare la sua decomposizione.

Da quel giorno fino alla fine della settimana passata – un intervallo di quasi sette mesi – abbiamo seguitato a far visite giornaliere a casa di mister Valdemar, accompagnati dai medici e da altri amici; in tutto questo tempo il sonnambulo è rimasto esattamente come l'ho descritto. La sorveglianza degli infermieri era continua.

Venerdì passato finalmente risolvemmo di provarci a svegliarlo, ed è il resultato, deplorevole forse, di quest'ultimo tentativo che ha dato origine a tante discussioni private, nelle quali non posso trattenermi dal riscontrare un sentimento popolare ingiustificabile.

Per sottrarre mister Valdemar alla catalessi magnetica adoperai i passi soliti. Questi per qualche tempo non dettero risultato di sorta. Il primo sintomo del ritorno alla vita fu dato dall'abbassamento parziale dell'iride. Venne notato come cosa strana che questa discesa dell'iride era accompagnata dalla fuoruscita di un umore abbondante di color giallognolo (da sotto le palpebre) di odore acre e ripulsivo.

Mi venne allora suggerito di cercare di influenzare il braccio dei paziente, come pel passato. Tentai e non mi riuscì; il dottor F. manifestò il desiderio che io gli rivolgessi una domanda e gliela feci, così:

«Mister Valdemar, ci potete spiegare quali sono ora le vostre sensazioni o i vostri desideri?»

Vi fu un subitaneo ritorno delle macchie etiche alle gote, la lingua tremò o piuttosto roteò violentemente entro la bocca (sebbene le mascelle e le labbra rimanessero sempre immobili) e alla fine quella stessa orribile voce che ho descritto poc'anzi proruppe:

«Per l'amor di Dio! Presto! Presto! Fatemi dormire! O svegliatemi subito! Presto! Vi dico che sono morto!»

Io ero assolutamente snervato e per un momento rimasi indeciso sul da farsi.

Mi provai dapprima a riaddormentare il paziente, ma la completa inerzia della mia volontà non me lo permise; tentai allora il contrario, e con tutte le mie forze mi adoperai a destarlo. Mi accorsi subito che a questo sarei riuscito, o almeno credetti che il mio successo sarebbe stato completo, e sono certo che tutti i presenti si aspettavano il risveglio del paziente.

Quello che avvenne in realtà, non è possibile che essere umano se lo fosse potuto immaginare.

Nel mentre mi affrettavo a fare i passi magnetici tra le grida di "morto! morto!" che letteralmente esplodevano sulla lingua e non sulle labbra del paziente, tutto il suo corpo a un tratto – e in non più di un minuto – si scompose, si sbriciolò, imputridì sotto le mie mani. Sul letto, dinanzi a tutti i testimoni, giaceva una massa fetida e quasi liquida; un'orrida putrefazione.

LIGEIA

Joseph Glanvill

Sul mio onore, non mi riesce di ricordarmi come quando e persino dove feci la conoscenza di lady Ligeia. Da allora sono passati molti anni, e il molto soffrire mi ha indebolito la memoria. O, forse, non posso più rievocare ora quei momenti perché, in verità, l'indole della mia amata, il suo raro sapere, il tipo singolare eppur calmo della sua bellezza, e la vibrante, penetrante eloquenza del suo parlare profondo e musicale, si fecero strada nel mio cuore in modo così costante e furtivo ch'io non vi badai e non ne ebbi conoscenza. Credo tuttavia di averla incontrata per la prima volta e molto spesso di poi in un'antica grande città che cadeva in rovina sulle rive del Reno. Certamente l'ho sentita parlare della sua famiglia: non si può mettere in dubbio che risalisse a un'epoca antichissima. Ligeia! Ligeia! Sepolto in istudi di un genere più di ogni altro adatto a smorzare le impressioni del mondo esteriore, è soltanto pronunciando quella dolce parola – Ligeia – che posso riportare agli occhi della fantasia l'immagine di lei che non è più. E ora, mentre scrivo, mi balena il ricordo che non ho mai saputo il nome della sua famiglia, di lei che fu la mia amica e la mia promessa e diventò la compagna dei miei studi e finalmente la sposa del mio cuore. Fu forse per qualche bizzarro capriccio, oppure per mettere a prova la forza del mio affetto, che Ligeia mi ingiunse di non far alcuna ricerca su questo punto? O non fu piuttosto un mio capriccio, un'offerta disperatamente romantica sull'altare del culto più appassionato? Non ricordo la cosa che confusamente; c'è dunque da stupirsi se ho dimenticato completamente le circostanze che la determinarono o l'accompagnarono? E veramente, se mai lo spirito romantico, se mai il pallido Ashtophet dalle ali tenebrose dell'idolatra Egitto, ha presieduto, come dicono, ai matrimoni nati sotto una sinistra stella, senza alcun dubbio egli ha presieduto al mio.

Nondimeno vi è un caro soggetto sul quale la memoria non mi fallisce. È la persona di Ligeia. Essa era alta, alquanto snella, e negli ultimi giorni persino emaciata. Invano mi proverei a ritrarre la maestà e la tranquilla naturalezza dei suoi modi, la misteriosa leggerezza e l'elasticità del suo passo. Andava e veniva come un'ombra. Non mi accorgevo del suo ingresso nel mio studio chiuso se non dalla musica della sua dolce voce profonda e dal contatto della sua mano marmorea che si posava sulla mia spalla. Mai giovine donna ha uguagliato la bellezza del suo viso. Era la irradiazione di un sogno d'oppio, una visione aerea che sollevava lo spirito, una visione più stranamente celeste dei sogni che volteggiano nelle anime assopite delle fanciulle di Delos. Pure le sue fattezze non erano plasmate in quel modello regolare che ci è stato falsamente insegnato ad ammirare nelle opere classiche del paganesimo.

"Non vi ha squisita beltà" dice Bacon, lord Verulam, parlando con molto acume di tutte le forme e tipi di belle "senza qualche stranezza nelle proporzioni.»

Tuttavia, quantunque io vedessi che le fattezze di Ligeia non erano di una regolarità classica, quantunque sentissi che la sua bellezza era veramente "squisita" e che vi era non poca di quella "stranezza", ho sempre provato invano a rintracciare quella irregolarità e a individuare la mia stessa percezione dello "strano". Esaminavo il contorno della fronte alta e pallida, ed era perfetto; ma come è fredda questa parola applicata a così divina maestà! Esaminavo la pelle rivaleggiante con l'avorio più puro, la imponente larghezza e la calma, la dolce prominenza delle parti sopra alle tempie, e poi la capigliatura di un nero corvino, lucida, lussureggiante, naturalmente ondulata, che dimostrava tutta la forza della espressione omerica: "capigliatura iacintea"! Guardavo il profilo delicato del naso, e non trovavo simile perfezione se non nella grazia dei medaglioni fenici. Era la stessa squisita sofficità di superficie, la stessa quasi impercettibile tendenza all'aquilino, quelle stesse narici che si incurvavano armoniosamente rivelando la libertà dello spirito. Guardavo la bocca. Ecco veramente il trionfo di tutte le cose celesti: la curva armoniosa del labbro superiore piuttosto breve, il riposo soffice e voluttuoso del labbro inferiore, le fossette che giocavano e il colore che parlava, i denti che rimandavano con una intensa luminosità quasi ogni raggio della luce benedetta che cadeva su di loro, nei sorrisi placidi e sereni ma sempre trionfalmente radiosi. Scrutavo la formazione del mento, e anche lì trovavo la grazia della leggerezza, la dolcezza e la maestà, la pienezza e la spiritualità dei greci, quel contorno che il dio Apollo rivelò soltanto in sogno a Cleomene figlio dell'ateniese. Poi guardavo nei grandi occhi di Ligeia.

Per gli occhi non vi sono modelli nella remota antichità. Può darsi che fosse negli occhi della mia adorata che si celava il mistero di cui parla lord Verulam. Erano – io devo credere – molto più grandi dei soliti occhi della nostra razza. Erano più pieni dei più begli occhi di gazzella della tribù della vallata di Nurjahad. Ma era soltanto a momenti, quando si animava intensamente, che questa particolarità diventava notevole.

In quei momenti la sua bellezza era – o almeno appariva alla mia accesa fantasia – la bellezza di un essere supremo o comunque non terreno, la bellezza della favolosa urì dei turchi. Le pupille erano del nero più brillante, difese da lunghissime ciglia nere. Anche le sopracciglia, di disegno lievemente irregolare, erano nere. Tuttavia la "stranezza" che trovavo in quegli occhi non dipendeva dalla forma, dal colore o dalla vivacità, e non poteva, dopo tutto, essere ad altro attribuita che alla espressione. Ah, parole senza senso, dietro la cui vasta latitudine di vuoto suono si trincera la nostra ignoranza delle cose dello spirito! L'espressione degli occhi di Ligeia! Quanto mi ha fatto meditare! Quante volte, per un'intera notte d'estate, mi sono sforzato di penetrarne il significato! Che cosa era dunque questo non so che – più profondo del pozzo di Democrito – che giaceva nelle pupille della mia adorata? Che cosa era? Ero invaso dalla passione di scoprirlo. Quegli occhi! Quelle larghe, brillanti, divine pupille! Esse eran diventate per me le stelle gemelle di Leda e io il loro fervido astrologo!

Fra le numerose incomprensibili anomalie della scienza psicologica, non ve ne è certo una più straordinariamente interessante di quella – che non credo sia mai stata osservata nelle scuole – per la quale, nei nostri sforzi di richiamare alla mente una cosa da lungo tempo dimenticata, spesso veniamo a trovarci sul limite del ricordo senza poter riuscire a ricordare. E così infinite volte, nella mia intensa analisi degli occhi di Ligeia, mi sono sentito sul punto di avere la completa conoscenza della loro espressione; l'ho sentita avvicinarsi in me, tale conoscenza – non ancora interamente mia – per poi vederla allontanarsi!

E (strano, anzi il più strano dei misteri!) negli oggetti più comuni di questo mondo ho trovato una serie di analogie con quella espressione. Voglio dire che successivamente al periodo di quando la bellezza di Ligeia passò nel mio spirito e vi prese stanza come in un reliquiario, io attinsi in parecchi esseri del mondo materiale un sentimento simile a quello che provavo intorno a me e dentro di me, vicino alle sue grandi e luminose pupille. Non per questo sono meno incapace di definire quel sentimento, di analizzarlo o anche di afferrarlo tutto. Qualche volta lo riconoscevo, ripeto, all'aspetto di un rampicante dalla rigogliosa vitalità, nella contemplazione d'una falena, d'una farfalla, d'una crisalide o di un corso d'acqua corrente. L'ho avvertito nell'oceano, nella caduta d'una meteora. L'ho sentito negli sguardi di persone molto vecchie. E vi sono nel firmamento due o tre stelle, e più specialmente una di sesta grandezza, doppia e cangiante, che si trova vicino alla grande stella della Lira; che, vedute al telescopio, mi hanno ispirato quel sentimento. Ne sono stato anche riempito da certi suoni di strumenti a corda, e di frequente da qualche brano delle mie letture.

Fra innumerevoli altri esempi, ricordo benissimo qualche cosa di un volume di Joseph Glanvill che (forse soltanto per motivo della sua bizzarria – chi può dirlo? –) non ha mai mancato d'ispirarmelo. "E in quello è la volontà che non muore. Chi mai conosce i misteri della volontà col suo vigore? Poiché Dio è solo una grande volontà che riempie tutte le cose in ragione del suo proposito. L'uomo non cede agli angeli, né interamente alla morte, se non per la debolezza della sua minuscola volontà."

Gli anni e la riflessione mi hanno permesso di rintracciare un certo lontano rapporto fra il brano del filosofo inglese e una parte del carattere di Ligeia. Una intensità singolare del pensiero, nell'azione, nella parola era forse in lei il risultato o almeno l'indizio di questa potentissima volontà che, durante le nostre lunghe relazioni, non dette altre e più positive prove della sua esistenza. Di tutte le donne da me conosciute, essa, così calma esteriormente, la sempre serena Ligeia, era la più violentata dai tumultuosi avvoltoi della crudele passione. E io non potevo misurare tale passione se non dalla miracolosa espressione di quegli occhi che m'incantavano e mi spaventavano a un tempo, dalla quasi magica melodia, dalla modulazione, dalla chiarezza, dalla serenità della sua voce profonda, e dalla fiera energia (il cui effetto era raddoppiato dal contrasto con la maniera onde venivano dette) delle parole stranissime ch'era solita adoperare.

Ho accennato al sapere di Ligeia; era immenso, quale non ho mai trovato in una donna. Conosceva a fondo le lingue classiche e, per quanto vasta fosse la mia conoscenza delle lingue moderne d'Europa, non ho mai potuto prenderla in fallo. Ma, in verità, ho io mai preso in fallo Ligeia su di un tema qualsiasi di quell'accademica erudizione, che tanto è vantata perché è la più astrusa? E non è stupefacente, non è singolare che questa caratteristica della natura della mia donna soltanto nell'ultimo periodo avesse soggiogato la mia attenzione? Ho detto che il suo sapere era tale che non ne ho conosciuto l'uguale in altra donna, ma dov'è l'uomo che abbia conquistato con pieno successo i vasti campi delle scienze morali, fisiche e matematiche? Allora non capivo quello che vedo ora chiaramente, e cioè che le conoscenze di Ligeia erano gigantesche, sbalorditive: ero tuttavia abbastanza conscio della sua infinita superiorità per rassegnarmi con la fiducia di un bambino a lasciarmi guidare da lei attraverso il mondo caotico delle investigazioni metafisiche di cui mi occupavo attivamente durante i primi anni del nostro matrimonio. E con quale immenso trionfo, con quale viva delizia, con quale eterna speranza, sentivo, mentre essa si chinava su di me immerso in istudi così poco comuni, ma anche meno noti, sentivo espandersi gradatamente il campo di quella deliziosa prospettiva, sulle cui strade, lunghe, magnifiche e non battute, sarei dovuto finalmente arrivare alla meta d'una sapienza troppo preziosa e troppo divina per non essere proibita!

Con quale intenso dolore perciò non vidi, dopo qualche anno, tutte le mie fondate speranze prendere il volo e fuggire! Senza Ligeia io non ero che un bambino brancolante nel buio. Solo la sua presenza e le sue lezioni potevano rischiarare di viva luce i misteri del trascendentalismo, nei quali eravamo immersi. Privata della raggiante luminosità del suo sguardo, quella letteratura, prima alata e dorata, diventava pesante più del piombo di Saturno. E ora i suoi occhi rischiaravano sempre più raramente le pagine sulle quali mi chinavo. Ligeia cadde ammalata. Gli strani occhi lampeggiarono di una luce troppo, troppo fulgente; le pallide dita presero la cerea trasparenza della morte; le vene azzurre dell'ampia sua fronte palpitarono nell'impeto della più dolce emozione. Vidi che doveva morire, e disperatamente lottai in ispirito contro il cupo Asraele. Con mio grande stupore, i suoi sforzi di moglie appassionata furono anche più violenti dei miei. Nella sua grave natura vi era di che farmi credere che la morte per lei sarebbe venuta senza terrori; ma non fu così. Le parole sono impotenti a dare un'idea della fiera resistenza che essa spiegò nella sua lotta con l'ombra. Io gemevo d'angoscia al pietoso spettacolo. Avrei voluto calmarla, avrei voluto ragionare; ma nell'intensità del suo selvaggio desiderio di vivere, di vivere, nient'altro che di vivere, ogni consolazione e ogni ragionamento erano il colmo della follia. Nondimeno, sino all'ultimo momento, in mezzo alle torture e alle convulsioni del suo fiero spirito, la serenità esteriore delle sue maniere non si smentì mai. La sua voce diventava sempre più dolce e profonda; ma io non vorrei trattenervi sul senso terribile di quelle sue parole dette con tanta calma. Mi si annebbiava il cervello mentre ascoltavo, estasiato, quella sovrumana melodia, quelle ambizioni e quelle ispirazioni che mai l'umanità aveva sin allora conosciute.

Che ella mi amasse non potevo mettere in dubbio; e mi era facile capire che, in un petto come il suo, l'amore non doveva certo regnare come una passione comune. Ma soltanto nella morte compresi tutta la forza del suo affetto. Per lunghe ore, tenendomi la mano, dava sfogo davanti a me alla piena di un cuore, la cui più che appassionata devozione toccava l'idolatria. Come potevo io aver meritato la beatitudine di ascoltare simili confessioni? E come avevo meritato la maledizione di vedere la mia adorata sparire al momento stesso in cui essa me le offriva? Ma su questo non posso sopportare di dilungarmi. Dirò soltanto che nell'abbandono più che femminile di Ligeia a un amore ahimè immeritato, prodigato senza ragione, finalmente riconobbi l'essenza del suo ardente, del suo selvaggio rimpianto della vita che oramai con tanta rapidità le sfuggiva. È questo selvaggio ardore, questo veemente desiderio di vita, soltanto di vita, che non ho il potere di descrivere: le parole non sono capaci di esprimerlo.

A mezzo della notte nella quale spirò, essa volle, imperiosamente chiamandomi al suo capezzale, che le ripetessi alcuni versi da lei stessa composti pochi giorni prima.

La obbedii. Erano questi:

Guardate! È sera di gala

Dopo questi ultimi anni di desolazione!

Una folla di angeli alati,

Di veli avvolti e immersi nelle lagrime

Siedono in un teatro per assistere

A un dramma di speranze e di paure

Mentre l'orchestra a soprassalti sospira

La musica delle sfere.

I mimi, a immagine dell'Iddio supremo,

Brontolano e sussurrano sottovoce,

E volteggiano in ogni senso;

Poveri burattini che vanno e vengono

Al comando dei grandi esseri senza forma

Che muovono, la scena in su e in giù

Scuotendo dalle loro ali di Condor

La invisibile sventura!

Quel dramma così scomposto, – oh! siate certi –

Non sarà mai dimenticato!

Col suo Fantasma eternamente inseguito

Da una folla che non lo raggiunge mai,

Attraverso un circolo che di continuo torna

Sempre allo stesso punto!

È molta Follia e ancor più Peccato

E Orrore ad animar la vicenda!

Ma guardate: nella confusione dei mimi

S'insinua una forma rampante!

È rossa di sangue e viene giù svolgendosi

dalla solitudine scenica!

Si svolge! Si svolge! In angoscie mortali

I mimi le sono di pasto,

E i serafini singhiozzano ai denti del mostro

Che s'imbevono di sangue umano!

Si spengono, si spengono i lumi

E sopra alle forme tremanti

Con la furia di una raffica cala,

Drappo mortuario, il sipario.

E gli angeli, pallidi e disfatti,

Alzandosi e svelandosi, affermano

Che quella è la tragedia dell'uomo

E il Verme conquistatore, l'eroe.

«O Dio!» urlò quasi Ligeia saltando in piedi e tendendo le braccia al cielo con un movimento spasmodico, non appena ebbi finito di recitare quei versi. «O Dio! O Padre celeste! Queste cose si debbono compire irremissibilmente? Questo conquistatore non sarà mai vinto? Non siamo noi forse parte di Te? Chi, chi conosce i misteri e la forza della volontà? L'uomo non cede agli angeli né interamente alla morte se non per la debolezza della sua minuscola volontà!»

E allora, come esausta dall'emozione, essa lasciò ricadere le bianche braccia e solennemente ritornò al suo letto di morte. E mentre emetteva i suoi ultimi aneliti, venne sulle sue labbra a mescolarsi con essi un indistinto mormorio. Tesi l'orecchio e riconobbi ancora una volta le ultime parole del brano di Glanvill: "....l'uomo non cede agli angeli, né interamente alla morte, se non per la debolezza della sua minuscola volontà".

Essa morì, e io, annientato dal dolore, non potei più a lungo sopportare la derelitta solitudine della mia dimora in quell'antica città che cadeva in rovina sulle rive del Reno.

Non mancavo di ciò che il mondo suol chiamare ricchezza: e Ligeia me ne aveva portata assai più di quanta ne accordi di solito il destino ai mortali. Così, dopo qualche mese di vagabondaggio annoiato e senza scopo acquistai e restaurai alla meglio un'abbazia, della quale non dirò il nome, situata in una delle parti più incolte e meno frequentate della bella Inghilterra. La cupa e triste grandezza del fabbricato, l'aspetto quasi selvaggio del dominio, i malinconici e venerandi ricordi ch'erano al luogo legati, tornavano consoni al sentimento di completo abbandono che mi aveva condotto in quel remoto e solitario paese. Tuttavia, pur lasciando all'esterno dell'abbazia quasi intatti il primitivo carattere e la verde desolazione che l'attorniava, mi misi con infantile accanimento, e forse con una debole speranza di alleviare le mie pene, a spiegare nell'interno una magnificenza più che regale. Sino dall'infanzia avevo covato un'inclinazione per quelle follie e ora esse rinascevano in me come nell'idiozia del dolore.

Ahimè, sento bene come si sarebbe potuto scoprire un principio di pazzia negli splendidi e fantastici drappeggi, nelle solenni sculture egiziane, nelle cornici e nei mobili bizzarri, negli strani arabeschi dei tappeti tessuti in oro! Ero diventato uno schiavo dell'oppio che mi teneva nelle sue catene; e tutti i miei lavori e i miei ordini prendevano il colore dei miei sogni. Ma non mi fermerò a descrivere i particolari di queste assurdità. Parlerò solamente di quella camera per sempre maledetta, nella quale in un momento di alienazione mentale, dopo la non dimenticata Ligeia, condussi sposa lady Rowena Trevanion di Tremaine dalla bionda chioma e dagli occhi azzurri.

Non vi è particolare dell'architettura o dell'adornamento di quella camera nuziale che non sia ora presente ai miei occhi. Dove mai l'altera famiglia della sposa aveva la mente quando, mossa dalla sete dell'oro, permise che una fanciulla, una figlia così teneramente amata, passasse la soglia di una stanza così stranamente addobbata? Ho detto che ne ricordavo minutamente i particolari, quantunque purtroppo mi dimentichi spesso cose di molta importanza; eppure in quel lusso fantastico non vi era nessun ordine o sistema che potesse imporsi alla memoria. La stanza, molto vasta e di forma pentagonale, si trovava in un'alta torre di quell'abbazia fortificata come un castello. Tutto il lato sud del pentagono era occupato da una sola finestra, un immenso cristallo di Venezia di un unico pezzo, di intonazione plumbea, passando attraverso il quale i raggi del sole e della luna gettavano sulle cose della stanza un sinistro riflesso. Di sopra all'enorme finestra si prolungava l'intreccio di una vecchia vite che si arrampicava lungo le mura massicce della torre. Il soffitto di quercia oscura e tetra era altissimo, a volta, e lavorato di complicati bizzarri fantastici ornati di stile per metà gotico e per metà druidico. Dal centro di quella lugubre volta pendeva, per mezzo di una catena d'oro formata di lunghi anelli, un grande incensiere dello stesso metallo, di disegno saraceno, tutto a capricciosi trafori, entro ai quali correva attorcigliata con la vitalità di un serpente la fiamma continua di un fuoco multicolore.

Sparsi qua e là erano divani e candelabri di forma orientale, e c'era anche il letto, il letto nuziale, di modello indiano, basso e scolpito in ebano massiccio, sormontato da un baldacchino arieggiante a drappo mortuario. Agli angoli della stanza si alzavano giganteschi sarcofaghi di granito nero, provenienti dalle tombe dei re di Luxor, con gli antichi coperchi ricoperti di immemoriali sculture. Ma dove ahimè rifulgeva la maggior fantasia era nei drappeggi della stanza.

Le pareti, prodigiosamente alte, anzi oltre ogni proporzione, erano coperte, dall'alto al basso, dalle grosse pieghe di una pesante tappezzeria, dello stesso tipo di quella che faceva da tappeto sul pavimento, da coperta sui divani e sul letto d'ebano, nonché, per questo, da baldacchino, che avvolgeva di tende sontuose la finestra. Era un ricchissimo tessuto d'oro, a intervalli irregolari pezzato di figure in arabeschi di un piede circa di diametro, che spiccavano nel più lucido nero sull'oro del fondo.

Ma quei disegni non davano l'idea d'arabeschi se non da un solo punto di vista. Per mezzo di un processo oggi comune e di cui si ritrovan tracce nelle più remote antichità, quegli arabeschi eran fatti in modo da cambiare di aspetto. Per chi entrava nella camera avevano l'aspetto di semplici disegni mostruosi; ma, avanzando, quel carattere gradatamente spariva, e come a passo a passo si cambiava posto nella stanza, ci si vedeva attorniati da una processione continua di quelle forme spaventose la cui invenzione si deve alle superstizioni dei normanni, o ai colpevoli sogni dei monaci. L'effetto fantasmagorico era alquanto accresciuto da una forte corrente d'aria artificialmente introdotta sotto la stoffa che dava al tutto una paurosa e inquietante animazione.

Tale era la dimora, tale era la camera nuziale dove, con la signora di Tremaine, passai le lunghe ore del primo mese del nostro matrimonio; le passai senza troppa inquietudine. Non potevo dissimularmi che mia moglie temeva il mio terribile umore, che cercava di evitarmi e non mi voleva molto bene ma ciò mi faceva piuttosto piacere. Io la odiavo di un odio più infernale che umano. Oh, con quale intensità di dolore! La mia mente tornava sempre a Ligeia, l'adorata, l'augusta, la bella, la morta. Mi inebriavo dei ricordi della sua purezza, della sua sapienza, della sua eterea natura, del suo amore appassionato, idolatra. Ora il mio spirito ardeva interamente e liberamente di una fiamma più ardente di quanto non fosse stata la sua. Nell'eccitamento dei miei sogni d'oppio (poiché ero abitualmente sotto l'impero di quella droga) chiamavo ad alta voce il suo nome nel silenzio della notte, e negli ombrosi recessi delle valli di giorno, come se col selvaggio desiderio, con la solenne passione, con l'ardore divorante della mia nostalgia, avessi potuto risuscitarla alle vie che essa aveva abbandonate, come poteva essere per sempre, sulla nostra terra.

Verso il principio del secondo mese del nostro matrimonio, lady Rowena fu presa da un male improvviso dal quale non si riebbe che molto lentamente. La febbre che la consumava, rendeva penose le sue notti, e, nel turbamento del dormiveglia, essa parlava di suoni e di movimenti che avvenivano qua e là nella stanza della torre che io finii per attribuire all'eccitamento della sua fantasia o forse alle fantasmagoriche influenze della stanza. Poi entrò in convalescenza e finalmente si ristabilì.

Tuttavia non passò molto tempo, che un nuovo e più violento attacco la fece ricadere sul suo letto di dolore; e da questo la sua costituzione, che era stata sempre debole, non si risollevò più completamente. Da quell'epoca le sue malattie furono di natura allarmante, con ricadute anche più allarmanti, che sfidavano parimenti la scienza e gli sforzi dei medici. Durante l'aggravarsi del cronico male che apparentemente si era impadronito della sua persona al punto da non poterne essere sradicato coi mezzi umani, non potevo fare a meno di osservare come del pari crescevano l'irritazione nervosa e l'eccitabilità del suo temperamento alle più piccole cause di paura. Riprese a parlare, e sempre con più frequenza e maggiore pertinacia, di rumori – rumori leggeri – e di quegli insoliti movimenti delle tappezzerie ai quali aveva alluso un tempo.

Una notte, verso l'ultimo scorcio di settembre, essa attirò con più enfasi del solito la mia attenzione su quel soggetto desolante. Si era svegliata proprio allora da un sonno inquieto mentre io, diviso fra l'ansietà e un vago terrore, stavo spiando i moti del suo volto emaciato. Mi trovavo seduto su uno dei divani indiani, accanto al letto d'ebano. Essa si levò a metà, e in un ansioso balbettio parlò a voce bassa e grave di certi suoni che aveva udito, ma che io non potevo udire, di certi movimenti che aveva visto, ma che io non potevo vedere. Il vento correva veloce dietro alle tappezzerie, e io (sebbene, lo confesso, non lo credessi completamente) volevo dimostrarle che quei sospiri appena articolati e quei dolci e lenti cambiamenti delle figure delle pareti non erano che l'effetto naturale della solita corrente d'aria.

Ma il pallore mortale che invase il suo viso bastò a provarmi che i miei sforzi per rassicurarla sarebbero stati inutili. Essa pareva venir meno e nessun domestico si trovava nelle vicinanze. Mi rammentai allora del posto dove era stata messa una bottiglia di vino che le era stato ordinato dai medici, e attraversai in fretta la stanza per andarla a prendere.

Ma, passando sotto la luce dell'incensiere, due circostanze straordinarie attirarono la mia attenzione. Io avevo sentito che una cosa palpabile, quantunque invisibile, era passata leggermente accanto alla mia persona; e vidi sul tappeto d'oro, nel centro del riflesso proiettato dall'incensiere, un'ombra, un'ombra debole, indefinita, dall'aspetto angelico, quale avrebbe potuto essere l'ombra d'un'ombra. Ma trovandomi in preda all'effetto di una dose esagerata d'oppio, non detti grande importanza a queste cose, e non ne parlai a Rowena.

Trovai il vino, e, traversata nuovamente la camera, ne colmai un bicchiere che accostai alle labbra esauste di mia moglie. Essa si era intanto un po' riavuta e prese il bicchiere da sé, mentre io mi lasciavo andare sul divano con gli occhi fissi su di lei.

Fu allora che intesi distintamente un lieve rumore di passi sul tappeto e vicino al letto; e un secondo dopo, mentre Rowena portava il vino alle labbra, vidi, se non ho sognato di vederlo, cadere nel bicchiere, come da un'invisibile sorgente sospesa nell'atmosfera della stanza, tre o quattro grosse gocciole di un fluido brillante, color di rubino. Se io lo vidi, Rowena non lo vide. Essa bevve il vino senza esitare e io mi guardai bene di parlarle d'una circostanza, che, dopo tutto, doveva essere soltanto la suggestione di una vivida immaginazione resa morbosamente attiva dai terrori di mia moglie, dall'azione dell'oppio e dall'ora.

Non posso tuttavia nascondere a me stesso che, subito dopo la caduta di quelle gocce di rubino, un rapido peggioramento si dimostrò nelle condizioni di mia moglie, al punto che, la terza notte appresso, le mani dei servi preparavano il suo corpo per la tomba, e la quarta notte io vegliavo, solo, la sua salma avviluppata nel lenzuolo mortuario, nella fantastica stanza che l'aveva accolta giovane sposa. Bizzarre visioni prodotte dall'oppio si agitavano come ombre davanti a me. Posavo lo sguardo inquieto sui sarcofaghi agli angoli della stanza, sulle mobili figure del parato e sul serpeggiamento delle fiamme multicolori della lampada. Poi, nel richiamare alla mente le circostanze di un'altra notte, il mio sguardo cadde sul punto sotto il riflesso dell'incensiere dove avevo viste le lievi tracce di un'ombra.

L'ombra, comunque, non c'era più, e respirando con maggior libertà portai gli occhi sulla pallida e rigida figura distesa sul letto. Allora si affollarono in me mille ricordi di Ligeia, e affluì al mio cuore, con la tumultuosa violenza di una cascata, la piena del dolore ineffabile col quale avevo contemplato lei, chiusa nel suo sudario. La notte avanzava e col cuore sempre pieno dei più amari pensieri, di cui lei, mio unico e supremo amore, era l'oggetto, rimanevo con gli occhi fissi sul corpo di Rowena.

Poteva essere la mezzanotte, forse prima o forse un po' dopo, poiché non avevo badato allo scoccar dell'ora, quando un singhiozzo basso e leggero, ma molto chiaro, mi trasse di soprassalto dal mio fantasticare. Sentii che veniva dal letto d'ebano; dal letto di morte. Tesi l'orecchio in un'agonia di terrore superstizioso, ma il suono non si ripeté. Forzai la vista a scoprire un movimento qualsiasi nel cadavere, ma non vidi nulla. Pure era impossibile che mi fossi ingannato. Avevo inteso il suono, per quanto debolissimo, e il mio spirito era ben desto. Allora tenni risolutamente e con perseveranza l'attenzione fissa sul corpo. Passarono molti minuti prima che si producesse qualche circostanza che potesse gettare la luce sul mistero. Finalmente apparve evidente che una leggera colorazione, appena sensibile, era salita alle gote e filtrava lungo le piccole vene depresse delle palpebre. In preda a un orrore e a un terrore indicibili, che nessuna parola dell'umano linguaggio potrebbe rappresentare, sentii arrestarsi le pulsazioni del mio cuore e irrigidirmisi le membra. Epperò il sentimento del dovere mi rese infine il mio sangue freddo. Non potevo più a lungo dubitare che avevamo fatto troppo precipitosamente i preparativi funerari; Rowena viveva ancora. Era necessario tentar subito qualcosa; ma la torre era completamente isolata dalla parte dell'abbazia dove abitavano i domestici; nessuno di essi era alla portata della mia voce, né io avevo il modo di chiamarli in mio aiuto, senza abbandonare per vari minuti la camera, e a questo non mi potevo azzardare. Mi sforzai dunque di richiamare da solo alla vita quell'anima ancora alitante. Dopo un breve periodo fu però evidente che era avvenuta una ricaduta: il colore disparve dalle gote e dalle palpebre lasciandovi un pallore più diaccio del marmo: le labbra si richiusero e strinsero nella spettrale espressione della morte: un freddo viscido e repulsivo si distese rapidamente su tutta la superficie del corpo e sopravvenne l'abituale rigidità cadaverica. Con un brivido ricaddi sul divano dal quale ero stato così stranamente tratto e di nuovo m'abbandonai alle mie appassionate contemplazioni di Ligeia.

Così passò un'ora, quando (come può essere possibile?) per la seconda volta ebbi la percezione di un vago rumore dalla parte del letto. Al colmo del terrore, ascoltai. Il suono si ripeté ancora una volta: era un sospiro. Mi precipitai verso il cadavere e vidi – vidi distintamente – un tremito muovere le labbra. Un minuto dopo esse si schiusero, scoprendo la linea brillante dei denti. Ora era stupore che prese a lottare nel mio petto col terrore profondo che vi aveva sin allora regnato. Mi sentivo offuscare la vista e oscurare la ragione; e fu con uno sforzo violento che alla fine trovai ancora il coraggio di rimettermi all'opera che il dovere m'imponeva. Ora un incarnato parziale appariva sulla fronte, sulle gote e sulla gola: un tepore sensibile aveva pervaso tutto il corpo, c'era anche una lieve pulsazione al cuore. Mia moglie viveva: e con un raddoppiamento d'ardore mi sforzai di riportarla alla vita. Fregai e bagnai le tempie e le mani, e misi in atto quanto l'esperienza e le mie non poche letture di scienza medica potevano suggerirmi. Ma invano. A un tratto il colore disparve, le pulsazioni cessarono, ritornò alle labbra l'espressione della morte e tutto il corpo ritrovava un momento dopo il suo gelo glaciale, il suo colore livido, la sua intensa rigidità, il suo aspetto appiattito e tutte le orribili caratteristiche di chi già da vari giorni abita nella tomba.

Ricaddi così nelle mie visioni di Ligeia, e di nuovo (come stupirsi se nel mentre scrivo rabbrividisco?), di nuovo un singhiozzo soffocato dal letto d'ebano mi colpì l'orecchio. Ma a che scopo rendere uno per uno gli orrori inconcepibili di quella notte? Perché fermarsi a raccontare come, una volta dopo l'altra, sin quasi al grigiore dell'alba si ripeté questo spaventoso dramma di risurrezione; come ogni terrificante ricaduta sembrava una morte più rigida e più irrevocabile e ogni nuova agonia una lotta contro un nemico invisibile; e come ogni lotta era seguita da non so quale strana alterazione della fisionomia? Affrettiamoci a concludere.

La maggior parte della terribile notte era passata, quando colei che era stata morta, si mosse di nuovo, e questa volta con maggiore energia, benché si destasse da una dissoluzione più spaventosa nella sua irreparabilità. Avevo ormai da un pezzo tralasciato ogni sforzo e ogni movimento, e rimasi inchiodato rigidamente sul divano, in preda a un turbine di emozioni violente, di cui forse la meno terribile e la meno divorante era quella di uno spavento supremo. Il cadavere, ripeto, si mosse e con molto più vigore di prima. I colori della vita risalivano al suo viso con una singolare energia, le membra si lasciavano andare, e se non fossero state le palpebre pesantemente chiuse e i drappi funerari che davano ancora alla figura il carattere sepolcrale, potrei aver sognato che Rowena avesse veramente spezzate del tutto le catene della morte. Ma se anche allora non accolsi interamente quella idea, non potei più dubitarne quando alzatosi dal letto, a deboli passi vacillanti, con gli occhi chiusi, e il fare di uno perso nel sogno, quell'essere avvolto nel sudario si avanzò palpabilmente sino in mezzo alla stanza.

Non tremai, – non mi mossi, – poiché una folla di immagini inesprimibili connesse con l'aspetto, la statura e l'andamento della figura, passando furiosamente attraverso il mio cervello, mi avevano paralizzato, mi avevano agghiacciato come una pietra. Non mi mossi, ma contemplai l'apparizione. Nei miei pensieri era un disordine pazzo, un tumulto implacabile. Era davvero Rowena vivente che mi stava dinanzi? Davvero Rowena, lady Rowena Trevanion di Tremaine, dai capelli biondi e dagli occhi azzurri? Perché, perché ne dubitavo? La benda funerea le serrava pesante la bocca; come poteva, dunque, non essere la bocca della rediviva signora di Tremaine? E le gote avevano proprio le rose di quando la sua vita era in pieno fiore; erano veramente le gote rosee della vivente signora di Tremaine. E il mento, con la fossetta, come quando era in salute, perché non poteva essere il suo? Ma era dunque diventata più alta durante la sua malattia? Quale pazzia inesprimibile s'impadronì di me a quell'idea? Un balzo, ed ero ai suoi piedi. Ritraendosi dal mio contatto essa lasciò cadere dal capo il lugubre lenzuolo che l'avviluppava; e nell'aria agitata della camera si svolse una enorme massa di lunghi capelli in disordine: erano più neri dell'ali corvine della mezzanotte. Allora lentamente si aprirono gli occhi della figura che mi stava dinanzi.

«Eccoli dunque finalmente!» gridai ad alta voce. «Potrei mai ingannarmi? Questi sono gli occhi, gli occhi neri, gli occhi selvaggi, gli occhi del mio amore perduto... di lady... di lady Ligeia.»